商智

聆听CEO的顶级智慧

精品购物指南报社　编著

清华大学出版社

北京

内 容 简 介

本书揭示了 21 世纪具有代表性的商界创业和领军人物的成功之路，为期望有所作为者指引方向；同时，它也是一本简单实用的手册，教你如何更高效地管理企业。

图书在版编目（CIP）数据

商智：聆听 CEO 的顶级智慧/精品购物指南报社编著. --北京：清华大学出版社，2011.11
ISBN 978-7-302-26909-0

Ⅰ．①商…　Ⅱ．①精…　Ⅲ．①企业管理－中国　Ⅳ．①F279.23

中国版本图书馆 CIP 数据核字(2011)第 193975 号

特别策划：王立成　徐　冰
责任编辑：纪海虹
特邀编辑：张晓菲
内容提供：精品传媒《数字商业时代》
责任校对：宋玉莲
责任印制：杨　艳
出版发行：清华大学出版社　　　　　　　　地　　址：北京清华大学学研大厦 A 座
　　　　　http://www.tup.com.cn　　　邮　　编：100084
　　　　　社　总　机：010-62770175　邮　购：010-62786544
　　　　　投稿与读者服务：010-62776969，c-service@tup.tsinghua.edu.cn
　　　　　质　量　反　馈：010-62772015，zhiliang@tup.tsinghua.edu.cn
印　装　者：清华大学印刷厂
经　　销：全国新华书店
开　　本：160×230　印　张：10.25　字　数：192 千字
版　　次：2011 年 11 月第 1 版　　印　次：2011 年 11 月第 1 次印刷
印　　数：1～5000
定　　价：25.00 元

产品编号：043654-01

智者从商的成功之路

　　有人说当今世界是一个没有英雄的时代。其实不然，每个时代都有每个时代的英雄。在战争年代，革命熔炉锻造了一群智勇双全、叱咤风云、所向披靡的战将。以经济建设为中心的主旋律，改革开放的大潮流，经济全球化的市场机遇，造就了一批又一批的商界精英。

　　这就是时势造英雄。《商智——聆听 CEO 的顶级智慧》是精品传媒《数字商业时代》倾心采访、编辑的一本访谈录，记录和揭示了 20 世纪 90 年代以来，特别是 21 世纪以来具有代表性的商界创业和领军人物的成功之路。

　　近 30 年来，中国非国有经济主体企业家的成功历程，大体上可以分为三个阶段：20 世纪 80 年代主要取决于企业家的勇气和胆识。因为那时经济体制改革刚刚起步，创业和经营需要勇于突破传统计划经济体制的束缚。那时也是各种商品供不应求、市场严重短缺的时期，无论在城市，还是在乡村，有许许多多显性的市场机会。创业者只要有商业冒险精神，就比较容易获得成功；20 世纪 90 年代，是中国从计划经济向市场经济转轨的时期，新旧两种体制并存,市场机制与计划手段相互博弈。在这种大背景下,现实生活中事实上存在着许多灰色地带,非国有经济主体及其投资人往往不得不打通各种关系,寻找政策变化的机会,获得权力的支持,即经济学上所说的依靠社会资本进行创业和扩张;进入 21 世纪以来,我国基本建立起社会主义市场经济新体制,市场机制在资源配置中的基础作用初步确立,市场供求关系出现新的变化,一般制造业和传统服务业的供给能力迅速增长。究竟干什么好,即寻找新的投资热点和市场机会是创业者和投资人面临的共同难题。一句话,靠商业冒险精神,靠政策空间,靠寻租,靠机会主义等途径获得成功越来越难了。

但是,中国经济持续快速发展的大趋势仍然具有客观必然性,产业结构调整和升级为后来者提供新的机遇,信息化为先导的知识经济浪潮,使一批掌握现代科学文化知识的智者成为新时代的弄潮儿。《商智——聆听 CEO 的顶级智慧》采访的陈天桥、江南春、韩小红等商界新星就是新时期涌现出来的企业家杰出代表。

商智,顾名思义,是指商业智慧。细读访谈录,他们所展现的商业智慧及其成功的实践,不是靠与生俱来的天分,不是靠突发奇想的灵感,也不是靠机会主义的运气,更不是靠权力资本的栽培。他们的成功,是靠现代科学文化知识的底蕴,靠对社会需求变化的敏锐洞察,靠独树一帜的市场定位,靠不断追求卓越的科技创新,靠逆境中坚持不懈的努力,靠信任与合作的团队精神,靠造福大众的社会责任感。

与本书展现的企业家相反,目前社会上也有一伙商智颇高的混混。他们游走在政商之间,拉大旗做虎皮,在合法与非法之间敛财,既当婊子,又立牌坊。他们是一伙令人作呕和不齿的奸商。

同样是高商智,差别为什么那么大呢?

在本书出版之际,借题发挥,作为序言。

中国社会科学院学部委员　　吕　政

2011.9.2

目录

第一章 梦想撼动世界

陈天桥：有梦想，但绝不冒险 孟岩峰 /1

江南春：专注于梦想 /4

韩小红：为慈铭帝国重生 刘扬 张珂 /8

贾军：执著早教一辈子 齐鹏 刘扬 /13

周鸿祎：做跟别人不一样的事 白鹤 /17

第二章 为自己奋斗 22

刘强东：成就京东，成就自己 刘扬 张珂

覃怡敏 美圻 /22

汪海：我喜欢挑战 周颖 /27

茅忠群：不想守业要创业 孟岩峰 /33

郭曼：让航美成为"媒体巨人" 张沙莎 /40

第三章 布局商业新天地

黄怒波：拒绝野蛮生长 白鹤 许智博 /45

朱新礼：汇源"愚公" 白鹤 /51

梁信军：我是廉价的高智商民工　白鹤 /56

王文京：创建幸福企业　潘青山　徐昊 /60

李如成："组合拳"掌门人　齐鹏 /64

冯仑：生存就是煎熬　韩笑　姜洪桥　周璐 /67

第四章　创业难，守业更难　73

柳传志：一个不小的考验　赵媛 /73

季琦：创业容易守业难　林姗姗 /78

许志华：合格的接班人　孟岩峰 /83

张宝全：当梦想照进现实　潘青山 /87

王长田：我中了商业模式的"魔咒"　白鹤 /92

第五章　做品牌，做慈善　99

李宁：品牌重塑　潘青山　王苗　高炜 /99

张志峰：打造国际顶级时尚品牌　白鹤 /102

陈发树：我的慈善我做主　张珂 /108

陈光标：不愿在巨富中死去　白鹤 /110

第六章　特色企业家之路　115

李书福：现代气质的企业家　潘青山　刘扬 /115

赵勇：要做就做最好　林志远 /119

王忠军：娱乐圈中的经营家　罗勒 /125

王传福：低调潜行　潘青山 /127

项立刚：像管孩子一样管员工　张晓 /131

第七章　给成功一个理由 135

马化腾：成功源于对事业的专注　张晓菲 /135

莫天全：成功源于我跟紧了时代　韩笑 /139

求伯君：成功只属于个人　潘青山 /143

李菲：无处不冠军　孟岩 /146

潘石屹：该出手时就出手　丁凯　蒋毅坤 /150

陈天桥：有梦想，但绝不冒险

> 一个企业发展要经历五个阶段：一是战略上寻找突破点；二是要专注；三是要进行整个产业链的整合；四是适度多元化；五是变成社会企业，承担适度的社会责任。
>
> ——陈天桥

陈天桥，1973年出生于浙江绍兴新昌，1994年毕业于复旦大学经济学专业。1999年，陈天桥以50万元启动资金和20名员工为基础，创立了盛大网络有限责任公司。现任盛大网络董事长兼首席执行官，全国政协委员，中国富豪之一。

经历了十多年发展的盛大集团一路磕磕绊绊走到今天，借游戏崛起，到看似运筹帷幄实则失败的"盛大盒子"计划，再到初步铺设完成互动娱乐王国，"网上迪斯尼"一直是陈天桥不曾褪色的梦想。

在互联网领域，盛大、阿里巴巴和腾讯、百度走出了完全不同的扩张路径。曾有业内人士认为后两者走的是横向扩张的路数，分别"圈"起用户和信息；而阿里巴巴走的是纵向路线，看定一个领域，打通产业链。

不过盛大与阿里巴巴最大的区别在于，盛大圈起来的都是创意产业的"制造业"，而在"阿里巴巴系"上流动的是鞋帽、机票等实体、标准化产品。低端制造业已经泛滥，但是真正好的电影、电视剧、音乐、文学仍是稀缺的，盛大向上游延伸的利害也在于此。

在欧美发达国家，创意产业中诞生了不少巨型公司，盛大的偶像迪斯尼就是其中之一。这是盛大为了在激烈的互联网和互动娱乐界竞争中有机会保持快速而持续增长的重要布局。

早在 2009 年，陈天桥基本完成了"盛大娱乐帝国"的框架搭建。

织网：内生联合 外扩纵横

盛大公司成立 10 周年之际也就是 2009 年，变身为一个互动娱乐产业"巨无霸"并非偶然。

盛大收购中国领先的原创娱乐文学门户网站起点中文网 4 年后，2008 年 7 月正式成立盛大文学，经过一年半时间的发展，盛大文学旗下建立了 10 个业务分支，迅速完成了自身网络的搭建以及产业链布局。其中，广告和无线业务呈现数倍的增长。

用了 5 年时间，陈天桥织成一张文学之网，这段时间并不短暂，可见他心中的梦想虽然高远，脚下的路子却相当坚实。这张"局域网"让陈天桥感受到了"扩张"的感觉，摸清了扩张的模式，更加明白如何掌握节奏。

在 2009 年第三季度的财报显示中虽然没有像盛大在线一样单独统计，但是在"其他收入"那一项中，大部分收益都来自于盛大文学。盛大文学总裁吴文辉曾说："2010 年盛大文学做到五六个亿没问题。"

盛大文学是陈天桥心中的一颗定心丸，百度最受欢迎的 100 本书里，有 90 本与盛大文学有关。盛大文学在文学版权领域已经占据优势。为了帮助盛大文学寻找"通路"，盛大网络曾在半年内一举扩张了 3 家公司，从起点中文网算起，盛大进行重要扩张的间隔时间从 4 年到 1 年，最后缩减到一个月。

有梦想，但绝不冒险

关于企业的发展，陈天桥的节奏感很好。他曾经这样描述企业的发展阶段："一个企业发展要经历五个阶段：一是战略上寻找突破点；二是要专注；三是要进行整个产业链的整合；四是适度多元化；五是变成社会企业，承担适度的社会责任。"

　　早在 2009 年 9 月,盛大游戏就已分拆上市,募资 10.4 亿美元。两家上市公司使盛大手中大约持有 20 亿美元的现金。把这些钱怎么花出去,则成为它们的"义务"。可以说,盛大的游戏业务占主要收入的 90％以上。盛大集团将主营业务拆分成盛大游戏、盛大在线与盛大文学三驾马车。

　　在 2009 年盛大公司成立 10 周年的员工献礼中,有一套员工做的造型别致的 10 个玩偶,分别代表盛大的 10 块业务:包括盛大集团、游戏、在线、文学、影视、旅游、音乐、家庭棋牌平台、手机互动娱乐、电子竞技平台。

　　正是这样的 10 块业务构成了盛大的整条产业链,它也是盛大"网上迪斯尼"的雏形。成为首富之后,陈天桥曾说过:"我希望以后大家说起游戏,一定会想到盛大;而说到盛大,想到的不仅仅是游戏。"

　　可以说,"娱乐互动"是盛大的平台核心,娱乐是内容,互动则是服务平台。陈天桥曾阐述:"我们的娱乐内容一定要基于一个新的互动技术平台来提供,从世界的范围来看,只有在互动这个平台上我们才可以同世界级企业处在同一个起跑线上。"换言之,只有坚实的平台才能帮助盛大快速实现其"网上迪斯尼"的梦想。

江南春：专注于梦想

　　也许我本来应该是个写诗的文学青年，只不过现在蜕变而成了会创造生意的小资派。我想以后公司的具体工作不用我做的时候，我就专心思考创意。如果有时间，我还想写写文学和社会评论，最好将来还能写出类似于《英雄》的影视剧本来。

——江南春

　　江南春，1973 年生于上海，毕业于华东师范大学汉语言文学系。1994 年凭代理 IT 广告而挖到第一桶金。1998 年，他的企业年收入超过 5000 万元，占领了上海 95％的 IT 广告代理市场。

　　对梦想的追求成就了江南春的传奇人生：21 岁，在大学期间创办广告公司，大学毕业就已身家百万；2003 年，建立分众传媒，两年之内扩张为一个铺遍两万多栋楼宇、覆盖全国 52 个大中城市的传媒巨头；2005 年 7 月，分众传媒在美国纳斯达克上市，成为中国第一个在美国上市的纯广告传媒股。他在别人未见之处开辟了自己的一片天空。

　　对于昨天的成功，江南春以一种释然的态度来面对。2009 年，江南春结束单身生活，与凤凰卫视的主播陈玉佳携手步入了婚姻殿堂。经历了商界风风雨雨的江南春将婚姻视为人生的一次蜕变，江南春说："人生最重要的是生活，其他的东西，比如金钱、名誉都是附带的。"如今，出现在媒体的江南春把对于事业的极致梦想，转换为对于家庭生活的尽心经营。

把无聊换成钱

如果有以下两种赚钱方式的业务，其一，一个市场，一年需要近6万块的液晶显示屏，用来安装在商务楼宇、大型超市等场所滚动播放广告。其中制造销售液晶屏的利润率不足10%，且以惊人的速度逐年下降；其二，数字化户外广告媒体正以不低于20%的利润率基础上逐年在递增。这两种方式你会选择哪一种？答案似乎显而易见，然而难点不在选择，而在创意，更难的是要成为将它付诸实践的传媒商人。

分众传媒总裁江南春就是这样的商人。2002年，已在传统广告业浸淫近多年的江南春，开始对这个行业进行一次深入细致的思考。当时，他领导的永怡传播成为七家知名的互联网客户的广告代理公司，营业额突破亿元，利润却没有同步提升，这个市场一不缺高级管理人才，二不缺有经验的销售人才，但市场的发展趋势却是背道而驰的。这说明，教科书上推崇的成功模式已经不适用了。

江南春的分众传媒从形式到内容都是基于逆向多维化思考产生的，他不再关注用行销的手段和发掘客户来提升传统业务，而重新回归人性本身来研究广告效率逐渐降低的问题。最终，江南春将自己要做的事定义为帮助别人打发无聊的产业。这个令他满意的答案得益于自己的人学研究非产业观，而以人学研究为本思想，是反经验模式的结果。这是江南春理解的大多数创新商业模式的成功通则。

结合多年广告行业的职业经验，很快江南春设计出了分众传媒的商业模式：在城市各大写字楼里建立LCD-TV（液晶电视）平台，卖广告段位给广告主去播放，再整合起来利用一个全国性的传播媒介提供给广告主系统的战略性推广服务，所谓分众就是频繁出入这些场所的月收入在3000元以上的受众。

实现这个模式必须做到几个关键点：说服目标楼宇安装液晶屏，说服广告客户在楼宇电视上挂广告，还有前期足够的投资防止资金链的断裂，尽可能圈地竞争防止跟随者超越……

对于楼宇物业来说，最担心的就是过分商业化会引起业主的反感。

对此,江南春有针对性地提出在广告中加入物业的公益内容。由于辅之以不同程度的进场费,楼宇的谈判工作进行得比较顺利。接下来向客户推广这种媒体形式,这个工作分众是在楼宇数字电视安装到了近100家规模时进行的。江南春曾这样描述当时的胶着状态说:"客户的增长和楼宇的铺设是循环递进的,当时如果说有失误的话,就是原先计划的一线城市只找100家楼宇,假使按每家楼宇5000目标受众计算,就有50万人被覆盖,而实际上海只有25万分众的受众,大部分有价值的受众并没有覆盖到。原先的锁定代表性分众的策略实际上行不通,广告效果显现不出来。这时,对大概多少栋楼能实现盈亏平衡自己心里也没数。"

那时,上海的另一家竞争对手聚众传媒跟得很紧。既需要圈地,又需要迅速摸到投资盈亏平衡点,江南春很快意识到,他要做的事只是一个,需要四五个亿来做的事情必须借助外力。幸运的是,当时江南春在世贸大厦的28层办公室,和软银办公室正好门对门,江南春处事交友开放的个性在那个时候起了作用。他以最快的速度了解并获得了软银的资助,度过了最可能的夭折点。

2005年,分众传媒的液晶电视已经覆盖了包括中国香港、中国台湾、新加坡在内的41个城市两万多栋商业楼宇,人流量覆盖3000多万中高端受众;江南春也已获得11家机构总计4250万美金的投资。

虽然分众的液晶电视广告和传统电视广告相比具有低成本优势,也已获得了客观的评估数据,但竞争对手迅速跟进已经使很多城市开始了圈地之争。而覆盖41个城市的规模,即使资金链不出现问题,发展壮大后再以全资回购,仍然不足以降低江南春的掌控难度。

专注于梦想

江南春的成功,不仅因为他把自己的天地变成了世界的大舞台,更因为他把这件简单的事做到了极致:"我做的事情很简单,只是将电视挂遍了楼宇、终端卖场,中国生活圈媒体群就逐步形成了。"在他的行业里,分众占据了全国98%以上的市场份额。江南春始终是在追求极致的道路上不断前进的梦想家。

十多年过去了，在大风大浪中一路走来的江南春对梦想有了更多的反思，他说："曾经我是一个喜欢大开大阖的人，但现在我平淡多了。"昔日，分众传媒在江南春的带领下，迅速扩张、高歌猛进；在江南春看来，分众今后应该走"精"和"专"的路线。在2010年分众的年会上，江南春向全体员工阐释了他的新思路，在24页PPT的最后，他用最大号的字体写道：第八年，我们从零开始。他说："未来5到10年我都还不会退下来，我还可以做得更好。"江南春重又上路，"人生以服务为目的，即使开一个面馆，想的就是如何把面做得更好吃，让客人更开心。而如果一开始只想着把面馆开成连锁店，那么就一定不会取得最终的成功"。如今专注于电视广告市场的江南春，时刻注重服务的质量而不在乎公司扩张的脚步——做回纯粹事业的江南春，已经洞悉了经营之道。

为梦想而转身

婚姻生活对江南春来说是全新的天地，在他看来，之前所做的一切都无法与"丈夫和父亲"这两个身份相提并论，他说："在我这个年纪当上了丈夫和父亲，本身就意味着人生航向的转变。"曾经，江南春将全部心力都投入在事业之中，而今他明白了属于他的那份家庭梦想，转身之后从家庭生活中得到了更多的幸福和满足。江南春认为自己能找到陈玉佳很幸运，他说："我太太跟我是同一类的人，虽然在两岸三地，成长和工作经历不甚相同，但我们的性格、价值观、处事原则几乎都是相同的。"

江南春的生活看似悠闲许多，往返于台湾和大陆之间过两岸生活："以前我每周都是干满七天，从没有周末的概念；现在我一定会把周末两天留出来陪老婆、陪孩子，享受家庭生活。"江南春不愿再错过陪家人一起看电视、吃晚饭、逛商场的分分秒秒，这也让他对再熟悉不过的"电视"有了新的认识，"电视之于我，已不仅仅是商业拓展的工具了。与家人一起看电视的时候，我感觉很幸福，很满足"。

韩小红：为慈铭帝国重生

> 当生命只有 3 年、5 年的时候，你会坚强地走过去。现在我倒觉得没法再有那种特别充实的感觉了，因为我需要重新去规划未来20年。
>
> 企业做大的过程其实就是一个老板成长的过程，从细节到战略，再到资本、资源整合，这是对一个人性格、智商、情商的挑战。
>
> ——韩小红

韩小红，原解放军总医院(301 医院)肿瘤内科医师，2001 年毕业于德国 Heidelberg(海德堡)大学，获医学博士学位，现任北京慈铭健康体检连锁机构总裁，北京消费者协会慈铭大众医疗健康消费教育学校校长，卫生部《健康体检服务管理办法》专家委员会委员，中国医师协会医师健康管理与健康保险专业委员会委员，中国留学生创业全国理事会理事。

韩小红出生于医学世家，热爱书法，爱好文学。她喜欢听着音乐，泡一杯清茶，然后铺开宣纸挥毫泼墨，写下雨夜的诗篇……她曾经在人们的视线里消失半年，原因是被检查出胃癌，由于早发现早治疗又顺利康复。身为北京慈铭健康体检连锁机构总裁，她自己也成为健康体检的受益者。

韩小红以"市场切割术"开辟新行业，然后带领企业迅速扩张，发展成为亚洲最大的健康体检与健康管理机构之一，以知识创富成就"慈铭速度"神话！2005 年，她被评为"北京影响力·影响百姓生活的十大经济人物"；2006 年，又被评为"中国十大海归创业新锐"；2010 年，被人民日报社授予"健康中国特别贡献大奖"。

军人出身的韩小红说：我的"为人民健康服务"不是理想主义！因为我们坚持这个企业价值观，才成就了今天。

我是健康体检的受益人

早在 2005 年，韩小红女士被评为"北京十大影响力人物"，在颁奖典礼上，主持人的提问把她震住了："听说您患上了胃癌?"韩小红本想保住这个秘密，却被人揭穿了。

2005 年 6 月，韩小红和员工去韩国考察标准化体检。韩小红体验了无痛胃肠镜检查。回国后，韩国的体检报告出来了，韩小红患上了胃癌。对此，韩小红不相信："怎么可能呢？我经常体检，能吃能喝，每周爬香山、做瑜伽、游泳，是不是搞错了?"

韩小红再次到肿瘤医院检查，然而结果诊断是胃癌早期。很快，韩小红就做了手术、化疗。术后 4 个月，仍旧处于观察期的韩小红便投入到工作之中。她说："当你问我是否健康时，我很惭愧，因为我确实不健康。但是我是健康体检的受益者。"作为肿瘤科医生，韩小红很后怕，她得的是细胞癌，如果不及时发现，恶化很快，她说："我才 38 岁啊，如果不发现，我的一生就完了。"

顺利康复后的韩小红说："这次患病也值得。第一，我是健康体检的受益人，我可以用亲身经历告诫大家定期体检很重要；第二，我住院期间员工们都很努力，把公司打理得很好，他们的关心让我很欣慰。"

知识创富

早在 2001 年 6 月 16 日，34 岁的韩小红收到了一份特殊的生日礼物，她的丈夫给了她"北京慈济（今慈铭）门诊部总经理"的头衔。那时，韩小红还在德国写毕业论文。

如果没有这个头衔，韩小红可能还在原单位——北京 301 医院肿瘤科当医师。1999 年，韩小红赴德国海德堡大学做访问学者，后来留在德国申请读博，成功了。

2001 年底，韩小红回国上任。在肿瘤科做了 10 年的医生，韩小红看

到很多病人送到医院已是癌症晚期,韩小红想如果能把检查前移,很多人还有救。留德时对国外健康体检模式行业的调查,使韩小红很有信心。韩小红把门诊隔壁的房子租了下来,进设备,孤注一掷,开一家体检中心。她信心十足地说:"不成功,大不了我们再去打工。"开业一个月后,韩小红这家专为健康人做体检的机构就火了,三个月收支平衡。

但波折随之而来。2004年3月28日,韩小红新开业仅6天的第三家体检中心被一把大火烧了体检大厅,面目全非。她回忆说:"火烧过后,员工们都赶来了,排队进去,把能搬的设备搬出来。他们使我重树了信心。"韩小红再装修,重新开业。打击接踵而至,2005年,韩小红又被检查出胃癌……

"风雨过后是彩虹",经受住磨难考验的慈铭迅速发展。截至2011年6月,韩小红在北京、上海、深圳、广州、武汉、南京、大连、天津、成都、济南、金华等国内主要城市拥有31家体检中心,是目前国内规模最大、覆盖范围最广、年体检量及累计体检量最多的专业体检机构。年检人次40万,累计忠实客户70万。拥有IBM、可口可乐等世界500强在内的千余家大型团体客户,同时被20余家保险公司委托为定点体检单位,成为亚洲最大的专业健检机构之一。

规划慈铭的"未来帝国"

2010年6月16日,韩小红重获生命。5年前的这一天,她住进了医院接受癌症手术。她说:"每多活一天,我都觉得自己'赚了'。"在这段"非常"时期,第一年,韩小红躺着每天工作三四个小时,直到身体恢复健康。"对于一个癌症患者来说,5年的时间意味着一种结束,也预示着一个新的开始。"韩小红说。

原本公司里要为此盛大庆祝一番,但韩小红却"逃离"了北京。她说:"当生命只有3年、5年的时候,你会坚强地走过去。现在我倒觉得没法再有那种特别充实的感觉了,因为我需要重新去规划未来20年。"这既是韩小红作为一个重获生命的人的心态调整,同时她的惶恐也是因为她对慈铭未来"帝国"的设想"太光明,太庞大了"。

2002 年慈铭体检第一家店开业的时候,韩小红仅仅是想把体检作为自己门诊业务的补充,但这块业务却取得了意想不到的成功。与公立医院产生直面竞争的门诊业务不同,体检和公立医院的主营业务没有直接冲突,反而获得了极大的市场空间。但 2003 年底鼎晖的注资使得慈铭体检突然走上了快速扩张的道路。

作为一个专注投资成熟期企业的投资公司,鼎晖 2003 年底在慈铭仅有 3 家门店的初创期就斥资 3500 万元人民币获得其 40% 的股权。韩小红随后被告知,"在北京做成的事情在异地很容易做成功,因为北京要求更严格。要想统占全中国,在上海做成了才是把规矩立起来"。2004 年底鼎晖的资金到位,韩小红就开始积极筹办去上海开分店。

中国医疗改革是大趋势,体检行业成为了民营医疗机构进入的突破口,如果政策逐步放开,面对医疗行业巨大的产业链和市场规模,民营企业更加大有可为。从 2002 年慈铭体检开设第一家店到 2008 年底,韩小红就通过收购使慈铭体检的店面数量增加了 50%,达到 45 家之多。而通过自建及加盟,慈铭体检在过去的 6 年中仅仅在全国建成了 30 家店面。

韩小红清晰地规划出心中"帝国"的样子。未来整个医疗产业链她都想做,比如健康管理,可以对企业派驻医护人员,提供高端的私人医疗服务、就医完整服务,以及慢性病用药的指导服务、远程疾病监控服务,甚至包括未来建医院,养老、养生服务中心等等。

慈铭体检的成功,是因为韩小红洞悉这个行业本质,就是质量保证,她敢保证慈铭体检结果的准确度甚至比三甲医院还要高。在韩小红看来,慈铭体检虽然是体检市场的"教育者",却没有像其他行业的"教育者"那样成为"殉道者",根本原因就在于此。

从"万能胶"到精神领袖

在韩小红看来,慈铭体检是从零起步。创业初期,她也是一边学一边干。在人手非常欠缺的时候,韩小红往往一人要身兼数职,哪个岗位有空缺,她就往哪补。

她说:"所以我基本上是样样都能干,但样样都不专,样样都能迅速进

入角色,领悟到本质。"韩小红用"万能胶"来形容那个时期的自己。她不担心员工有没有经验,而在意的是这个人愿不愿意学习。

这种"万能胶"状态一直持续到慈铭体检走上集团化运营的道路。她说:"我觉得现在往下看可以,但往上看资本、战略层面的事情还是那么累。所以我更愿意跟各个部门天天滚在一起。""这种关系很好,我愿意滚在一起深入其中了解细节。"

韩小红和员工可以一起边做美容边聊天。与员工间的平等相处,并不影响韩小红成为他们的精神领袖。在查出患有癌症之后,员工们最害怕的一件事情就是韩小红倒下,害怕没有了韩小红的慈铭会如同没有了柳传志的联想,变得一团糟。

作为一名女性创业者,韩小红并不介意甚至十分高兴别人用"强势"这个词来形容她,她觉得在公司需要有一个强势的一把手坐镇江山,成为员工们的心理依赖。

她说:"企业做大的过程其实就是一个老板成长的过程,从细节到战略,再到资本、资源整合,这是对一个人性格、智商、情商的挑战。"

贾军：执著早教一辈子

> 因为太喜欢这个事业了，所以我根本不想放弃，如果我没有发现一个更适合管理东方爱婴的人，我会为我的事业奋斗一生。
>
> ——贾 军

贾军，东方爱婴创始人、董事长，Lamaze International 国际分娩导师（LCCE），PAT 董事长贾军 International 国际爱婴导师，北京市青年联合会委员，北京市青年企业家协会副会长。第一个在中国提出 0～3 岁早期教育细分市场这一概念，使国内早教行业市场更加细分化和专业化。

中国早教第一人

在朋友眼里，东方爱婴咨询有限公司（以下简称东方爱婴）董事长贾军具有典型的"女强人"的性格，个性直率、行事泼辣。2000 年一个果断的决定，让她成为中国早教第一人，不仅如此，她还开辟了中国特许加盟连锁模式的先河。

贾军每个月都会做六七次演讲，她说："公益演讲我每个月都会做六七次，每周至少还要安排一两次外地的演讲。"贾军所说的公益演讲是集合所有能够到场的婴幼儿父母，为他们培训一些早教的知识。为什么要这样做，"直到今天，仍然有很多人还不理解早教的意义，如果这个市场的'饼'没有做大，早教事业做到最后只会涸泽而渔"。

11 年前，贾军将国外的早期教育模式搬到中国。"早期教育不是只对 0～3 岁的婴幼儿教育，也是对家长的教育。"11 年来，贾军不仅扮演了一个企业经营者的角色,同时也扮演了婴幼儿早教启蒙老师的角色。尽管东方爱婴已经在 180 多个城市布局了 496 个中心,但是贾军仍然不放心早期教育行业将来的发展。

企业曾经历"非典"

贾军的办公室十分简陋,除了几件简单的家具和一个满是书的书架外,再无任何摆设。尽管如此,她却为每一家东方爱婴提供了最好的环境和最先进的设备。贾军认为,给孩子做的事情就应该是最好的,包括紫外线消毒、买最好的家具和儿童专用的垫子、每月花 8 万元请来婴幼儿教育专家做教师……

东方爱婴的发展并非一帆风顺。"非典"时期,东方爱婴的门店不仅颗粒无收,当时还做了一次东方爱婴史上最大的一笔投入。"我们购买了最先进的防御'非典'的设备,还增添了很多便于孩子留宿的硬件设备。"贾军回忆说,当时仅一个"耳温计"的价格就是 3900 元。但是,这些设备还没来得及派上用场,所有的店都停业了。

也正是那个特殊时期,贾军搭上了自己的血本为了留住每位员工,并且加强对他们的培训。半年的时间,贾军打造出了一支早期教育"铁军",并迅速在接下来的几年将业绩翻红。

她坚定信念地说:"我们要做出这个行业的标准,让早期教育的模式在每个家庭都根深蒂固。"贾军继续坚持着她的梦想,"因为太喜欢这个事业了,所以我根本不想放弃,如果我没有发现一个更适合管理东方爱婴的人,我会为我的事业奋斗一生"。

"超人"妈妈

"扛"着 5 个多月的儿子南下广州、深圳、东莞三地;出差永远都尽量当天往返;到外地上商学院的课也要拖家带口;为了多陪一会儿孩子而在开董事会时请假迟到,甚至带着孩子出席……这就是东方爱婴董事长贾军的"超人"生活。

贾军有一儿一女,他们对妈妈永远处于"饥渴"状态,对妈妈给他们的时间永远"吃不饱"。儿子曾问她："妈妈,东方爱婴是你的大宝宝,全国有这么多宝宝,妈妈你还爱我吗?"没有当过妈妈的人可能很难想象这样的话会给一个妈妈带来怎样的刺痛。爸爸创业者可以把带孩子的时间集中在周末,但妈妈们必须在大多数时候保持与孩子的持续沟通。

能管好公司为什么不能管好孩子?贾军在这两者的"混搭"运营上越来越有心得,不能用大把的时间和孩子泡在一起,就尽量利用每一个工作的缝隙:让孩子在自己的工作中学习,让自己在与孩子的相处中成长。

她的收获是,5年前5岁的儿子突然要"篡权"。"你什么时候退休?"儿子冷不丁问她,因为他也喜欢经营东方爱婴。在仔细询问"董事长"和"总经理"哪个职位更高后,儿子很明确地说要做"董事长"。

超人妈妈 带孩子行万里路

如何在忙碌的工作中尽量挤出时间和孩子在一起,并保证高质量的交流?在贾军看来,最无奈而又最有效的处方就是自己做"超人",她曾说:"我觉得做事业的女人要想照顾家庭,没别的招数,只有自己做'超人'。"

创立东方爱婴之后的一年半,贾军有了大儿子,今年10岁半了,贾军总说儿子是伴随着东方爱婴一起成长的。当年儿子才5个多月,贾军就带着他到处出差。那时东方爱婴的整个团队才20多人,公司离了她很难正常运转,但是贾军已经有了坚决做连锁经营的打算,整个团队中就她自己对业务最清楚,出差无法避免。孩子还没断奶,贾军又是个坚决的母乳喂养主义者,她只好带着母亲和在襁褓中的婴儿,3天跑了3个城市。第二天孩子就被折腾病了,在深圳打了两天点滴。

妈妈心疼孩子,但是工作也必须要继续。母乳喂养相当于把妈妈拴在了孩子身上,工作起来毕竟有太多不便,从孩子出生第一天开始,贾军就跟孩子念叨:妈咪就给你喂到8个月。结果儿子差一天满8个月的时候自己就不吃母乳了,贾军自己也找不到答案,只能惊叹于母子之间的心灵感应。

回顾过往生活,贾军心里有许多歉疚。但她觉得工作和孩子就像是

"鱼"和"熊掌",不能全部得,但总可以调整好比例。在工作和学习中,见缝插针陪孩子是最有效的解决方案。贾军在业余时间还上了商学院的课程,有时要到外地上课,本来已经很累了,她还要"扛"两个孩子去。如果出差,贾军的原则就是乘最早一班航班去,晚上最后一班航班回。她总是恨不得活动结束后一个小时就能起飞,绝对不在外面多留一点时间。出差之前她也会特地跟孩子沟通好,在日历上标出日期,让孩子在心理上有个缓冲。如果是出长差,贾军就从各地给孩子寄明信片,把去这个地方的所思所感和他们分享,还有对他们的思念和期待,"孩子们都攒了一大撂了"。

对碎片时间进行充分规划,让其发挥事半功倍的效力也是贾军的绝招。孩子小的时候,每天早上贾军都要和孩子做 15 分钟的快乐游戏,唱歌、疯玩儿。"对于一个妈妈来说,少睡 15 分钟不会有什么影响,可是这 15 分钟可以让孩子享受一个快乐的开始。这很重要,妈妈和孩子都会很愉悦。"贾军对此颇有心得。

周鸿祎：做跟别人不一样的事

> 成功了说明我是对的，失败了我就离成功
> 更近了一步，总之我不愿意在混沌中放弃。
> 我特别喜欢创业，也善于创业。我一直觉
> 得，只有创业才能有快乐，才有成就感！
>
> ——周鸿祎

周鸿祎，1970年10月生于湖北黄冈。毕业于西安交通大学管理学院系统工程系，获硕士学位。曾就职方正集团，先后担任事业部总经理、研发中心常务副主任等职。现任360安全中心董事长。

IT写作社区创办人刘韧对周鸿祎曾如此评价："这个圈子内像他那样性格鲜明、桀骜不驯的人，可谓绝无仅有，周鸿祎够狠、够义气、够聪明、够有钱，他是我所见过的网络界最有个性的人物。"

早在2005年，35岁的雅虎中国区总裁周鸿祎就已宣布辞去雅虎中国区总裁一职。遥想当年，创业者周鸿祎将香港3721以1.2亿美元倒手雅虎，并以中国区总裁身份进驻雅虎中国，可谓名利双收。当他就任时，他对全体员工说的话依然余音缭绕："我们现在坐在一架不太大的飞机上，飞机马上要起飞去赶上前面的飞机，大家务必系好安全带，因为路上可能会很颠簸。咱们谁也没有降落伞，掉下去就没救了。"

事实证明，雅虎中国这架飞机已经稳稳着陆中国。在周鸿祎的任期内雅虎中国的市场表现远远超越了总部原定计划。

据说，周鸿祎与雅虎的分手也算宾主尽欢：在3721香港公司的股权结构中，周鸿祎夫妇持股大约60%，周鸿祎夫妇将因此获得约7200万美

元现金（折合人民币近 6 亿元）——不能不说这是个很好的结局。

互联网"怪胎"

作为中国互联网界举足轻重的人物,周鸿祎绝对是个"怪胎"。人们乐于转述他的故事,就在于他的另类为中国互联网增加了更多精彩。他坦承蔑视百度 CEO 李彦宏,并向权倾互联网的 CNNIC 公然叫板。他从来不是"乖小孩",早在 3721 还没有被收购之前,周鸿祎就被不少风险投资商形容为"个性鲜明的 bad boy"。

早在 1995 年 7 月,周鸿祎研究生毕业后前往北京,进入方正集团,当上了一名软件程序员。在方正,他设计的飞扬电子邮件,以设计精美、讲究人性化而成为当时典范,其后二年,就是今天著名的同类型产品 Foxmail 才在广州面世。那时的周鸿祎,曾经说过一句被别人认为狂妄的名言:"如果说方正只有一个高级程序员,那就是我。"

写软件是周鸿祎喜欢做的事情,但在方正的日子并没让他很痛快,方正对互联网产品的漠视使周鸿祎暗暗寻思准备出走。经过一年的调查研究,周鸿祎开始在自己的公司实现酝酿已久的中文上网概念,3721 应运而生。当有人断言 3721 必死无疑时,周鸿祎倔强地说:"成功了说明我是对的,失败了我就离成功更近了一步,总之我不愿意在混沌中放弃。"

2002 年 6 月,3721 公司傍上"大款"微软,中文上网插件被直接捆绑进微软 IE 浏览器,全面预装进用户电脑。3721 非但没死,还在那一年实现了 1.4 亿元的销售额。如今,3721 中文插件已经覆盖了 90% 以上的中国互联网用户,每天使用量超过 8000 万人次。有人评说,3721 的成功取决于周鸿祎对盈利模式敏锐的嗅觉,取决于他建立的营销渠道——3721 网络实名的代理渠道铺设到了中国的三四级城市,其经销商数量达到上千家。周鸿祎说:"我特别喜欢创业,也善于创业。我一直觉得,只有创业才能有快乐,才有成就感!"然而,创业生涯没有持续多久,周鸿祎便从创业者身份转变成了雅虎公司的职业经理人。

"硬汉"管理

在周鸿祎看来,无论自己创业还是给跨国公司打工,他的声音都一样"响亮",无所顾忌也不怕犯忌。据说,周鸿祎曾因对当时雅虎中国的人事、财务、法律等负责人不满,上书美国总部要求换人。而因总部技术人员的官僚主义,更直接让中国员工写邮件用"美国国骂"来表示抗议。

对于雅虎中国以前的一些积习,周鸿祎也很不以为然。例如,员工工资的所得税外包给专门的咨询公司做,外包费用为每人 200 元。虽说是为了通过外包提高企业运营效率,但一家不大的公司采用这种复杂做法未免不可思议。"我们应该抛弃懒汉文化,要改掉以前花钱不求最好但求最贵的坏毛病。我们首先是本地的公司,然后是创业型的公司。"

一年后,在周鸿祎的管理下,雅虎取得了中国境内搜索引擎排名第二,邮箱产品排名第三的优异成绩。周鸿祎说:"在中国的文化背景和互联网市场的现实情况下,我靠的就是员工的工作热情和进攻性的战斗文化。要做到这一点,必须有很强的领导力,必须让整个领导集体都充满了激情。"然而,他这种充满激情领导力的恐怕并非为雅虎总部所欣赏。"让他这样一个个性极强的人,在雅虎这样一个全球巨无霸中坐镇中国,肯定不可能随心所欲。所以虽然抓收入有章有法,但是他的很多想法绝对不可能得到美国那边的认同和支持。中国这块的自由度肯定非常受局限。因此,周鸿祎必然是很别扭的。"周鸿祎西安交大的校友、博客网总裁方兴东曾做如此分析。

个性 CEO

有业内人士如是说:"周鸿祎可能是个技术天才,也可能做出一些商业业绩,但他一定不是个成熟的企业家。"之所以如此评价,不仅因为其"弱管理、强领导力"的理念不能与很多管理者达成共识,多数情况下也与周鸿祎在各种场合表现出来的难以遏制的怒气有关。周鸿祎很清楚自己这个"不容易制怒"的缺点,但却激情涌动、屡犯不止。

据说,有一个著名的官司让周鸿祎"出尽风头"。因为恶性竞争,

3721与百度插件相互恶意删除,导致两公司最终对簿公堂。周鸿祎不听律师劝告竟直接承认:"是的,我的插件就是删除他们的,谁让他们的插件删除我们的!"这个"乌龙球"使得举座皆惊,结果可想而知。

　　看到员工工作哪里不妥,周鸿祎就会发脾气。但他身边仍然有很多忠心耿耿的员工愿意追随他到底。一位从方正时代开始便一直追随他的员工说道:"当机立断,雷厉风行,敢于将梦想变为现实,这是我们愿意跟着他的原因。"有这样一个故事:2002年,有一个都市画报采访20世纪70年代生人者,其中一个问题是:你怎么看待金钱?当好多人都还揣摸着提问者意图,进而说些"钱不是万能的,没有钱是万万不能的"之类的空话时,周鸿祎却说:"我从来不怀疑自己赚钱的能力,我相信我提供的服务会对很多人有价值,因此我赚钱是理所当然的。"

对话企业家

　　数字商业时代:如果360越做越大,用户越来越多的话,它会不会成为下一个垄断者?

　　周鸿祎:我觉得不太会。腾讯是希望提供一站式消费,它什么业务都做。360的使命就是把核心安全做好,我认为用户是整个互联网的用户,他搜索用百度或用腾讯,购物去淘宝或者去京东,他可以用各种各样的网络,而我们就是把核心安全建立好。这是两种不同的价值观。实际上今天要生存,就必须开放,我们不会把开放作为标签贴在额头上,我们跟很多公司合作,把用户分享给大家。我们做不了游戏,也做不了微博,但是别人做得好,用户之间可以去沟通。用户有选择权和决定权,他可以选任何他想用的网络服务。

　　数字商业时代:开放是未来互联网发展的趋势吗?

　　周鸿祎:对于2011年的互联网来说,第一个关键词一定是开放。很多人研究Facebook何以这么强大,我觉得20多岁的年轻人马克·扎克伯格比我们很多人有超宽的胸怀和格局。他其实很早就有用户,如果封闭起来做游戏,肯定也能挣钱上市,但结果人家就是开放,仍然赚了很多钱。我觉得它用不了5年,一定是一个超越Goole的世界互联网第一公司。这就是开放的力量。通过 3Q 大战，没准对腾讯，对马化腾也是一个好事，可能让他的一种惯性思维有所转变，可能腾讯从此也变成一个更加开放的公司，成为真正的世界级公司，这不一定是个坏事。

数字商业时代：如果你发现一个新的创意，敢做吗？

周鸿祎：我觉得没有不敢做的，但是我讲的创新是比较反对有一个伟大的想法，就用很浩大的方法去做，因为谁都不敢说自己就能独掌方向。有时候你投入很大，方向错了损失也很大。我主张放弃一口想吃一个胖子的想法，如果你有创新的思路，先做一点，然后到市场去验证，不断地微调。事实上，有时候那么一小点的改进，就能打动用户。

数字商业时代：360 的产品真的永久免费吗？它靠什么赚钱？

周鸿祎：免费是什么概念，就是说你真的一分钱不花，我仍给你提供服务。增值服务呢？会只有 1‰ 的人用，他要寻求更好，但是不用增值服务的用户也根本不受影响。比如说用 QQ 聊天都是免费的，传文件免费，语音也免费，你不买它的服务也能聊天、传文件，所以腾讯在这块做得其实是比较不错的。

360 有这么多用户，我们也要做增值服务，做一些跟安全有关系但又不是核心的增值服务。在核心安全上，我绝不打折扣。你不能让用户说我花钱就更安全，不花钱就是一般的安全，这是不对的。你要让人用你的核心服务，花不花钱都是一样安全，增值服务一定是少数人在用。

数字商业时代：做 360 其实是很合您胃口的一件事情吧？

周鸿祎：其实对我来讲，有个自我修正的想法。做 360 是要在行业里重新确认大家对我的一个认知、认可。很多公司有钱了之后，不还得回过头来做公益吗？为什么不能在最初做企业的时候就做好事？所以我把这个免费杀毒的一半看成是我的一个公益事业。就算我在这块不挣钱，但是得到了老百姓的认可，大家觉得我很棒，这种成就感远远超越挣很多钱的感觉。我希望奇虎将来是一个受人尊重的企业。当然这么多企业用我们的浏览器，这些产品都有商业化的机会，我们也可以做增值服务，虽然我对挣钱的期望没有别人那么高，但我觉得这个企业肯定也能挣到钱。

刘强东：成就京东，成就自己

> 当你发现你的团队还在的时候，有这么多同志支持你，这么多同志每天在加班加点地努力工作，那么公司不管遇到多少困难，我觉得都可以过去，就是不抛弃，不放弃。

> ——刘强东

刘强东，1974 年生，江苏省宿迁市宿豫区人。1996 年毕业于中国人民大学社会学系。现任京东商城的 CEO。

自学成才的狠角色

刘强东生长在江苏宿迁，或许是因为有那么一点可以常回家看看的私心，京东商城客服中心就坐落在那里。据说，他的父辈早前是跑船的生意人，刘强东上学时常常是班里的第一名，考上人大后，经济处境令他被父辈熏陶渐染的商业细胞终于发酵，他开始把大量时间花在赚钱上。他给别人编程，甚至还借了几万块开了个小饭馆，虽然第一次正式创业以赔钱告终，但在商业上的尝试他从未停止过。毕业后，刘强东进了一家日企，他用两年时间经历了电脑担当、物流担当，到销售担当后，选择出来创业。他在这家日企所经历的恰恰是他之后学以致用的环节。

从来都是靠自学成才，自己打拼的刘强东有种硬汉气质。他的团队都知道他野心大，"要一统"，他要求京东在 B2C 的各个行业中都做到第一。

对投资人而言,刘强东同样也是个"狠角色"。控制董事会是他的底线。如果说他最"弱势"的一次恐怕是第一次融资的时刻,那时京东商城连行业前 15 名都没进去,今日资本总裁徐新看中的是刘强东的零售气质和极好的商业感觉,于是京东与投资人有了第一次也是唯一一次对赌,刘强东回忆说:"人家给了你 1000 万美金,要有点心理安慰,我觉得也是应该的。"此后,再也没有对赌协议在京东商城的融资协议中出现。

成就京东　成就自己

京东商城一骑绝尘闯开了 B2C 行业的一片新天地。而京东的黑马速度也不断遭到人们的质疑和猜忌。对于这一切,京东公司创始人刘强东却有着不同寻常的开放姿态,他坦诚到可以为你公布毛利净值等一系列核心数据,京东的年销售数据也是行业内少有的真实。刘强东渴望获得美国亚马逊公司创始人杰夫·贝索斯那样的成就。如果他能成就京东,他也将最终成就自己。

刘强东的声望正像京东商城的销量一样快速膨胀。他和当当网创始人李国庆在微博上一来一往的"战火",就够众电子商务人士兴奋观战好几天。中国电子商务行业正随着京东销量过百亿、当当网上市,变得更加火热,然而我们仍需假以时日才能看到究竟谁才是抵达行业"终局"的胜利者。

在 B2C 领域,京东商城在销售额上是绝对的王者,作为该领域飞行速度最快的"战斗机"的最高驾驭者,刘强东体现出了极强的零售业气质和舍我其谁的霸气:他宣称 500 亿规模才是京东的安全边际;他威胁图书部门不能赚毛利,称"要打就要来狠的";他宣布 2011 年京东销售额将在 240 亿~260 亿元之间,并表示很遗憾不能再像以前一样保持三四倍的增长了。

感悟团队精神

关于刘强东,有这样一个故事:2011 年 1 月,在一次穿越行动中,刘强东和他的伙伴们遇到了一个冰封的湖,大家都先把车加速,然后猛打方

向盘，就可以在湖面上不停地打转，刺激之极。刘强东开的是悍马，实在是太重了，结果连人带车掉入湖水中。他们花了三四个小时把车拖上来，两个车轮都没有了方向，也没有刹车和助力。地面都是冰雪，因为怕失控，三辆车拖着一辆悍马，行进的速度比行人还慢，十几公里的路走了八九个小时。

当时刘强东曾经想废弃这辆车，劝大家不要管车了，毕竟已临近天黑，这时在沙漠行进是一件非常危险的事，但是大家的信念是"人和车一个都不能少"。由此，刘强东强烈地感受到："不管你多么坚强，你的一辈子总是需要一个团队去配合你、帮助你，你也必须得到一个团队的支持，才能把事情做成。"

如此频繁出行的副产物，就是能让刘强东有机会检验一下公司的团队，他说："如果说出去20天后回来，发现公司一团糟，客户满意度大幅下降，说明公司内部管理系统存在问题。"刘强东最早的长期出行开始于2008年的汶川大地震，他开着越野车在灾区待了14天，在这种特殊情况下，他发现公司的凝聚力达到空前，因为每个人都知道，刘强东在灾区，所以员工比过去更加主动工作，每个人都牵挂着他。从那以后，刘强东每年都强迫自己花20天左右的时间离开公司，一方面获得一次彻底的身心休息的机会，另一方面也想检验一下过去一年里自己在管理方面的成绩。刘强东说："我认为忠诚是相互的，你不能只要求员工对公司忠诚，公司也应该给员工带来价值。"

关注员工的未来价值的同时，刘强东也有和基层打成一片的习惯，以前几乎一个礼拜他就要和一些部门的员工吃饭，近几年公司人数膨胀飞快，这个习惯也变成了每月一次。

对话企业家

数字商业时代：很多企业家业余时间喜欢打高尔夫，也有的喜欢登山，你为什么偏好穿越沙漠？

刘强东：除了工作之外，这应该算是近几年最大的爱好。之前有个朋友带我去了一次之后，我就彻底喜欢上了。我总是喜欢去那些比较艰难的地方，一般沙漠里边都不可能有手机信号，在那里你看不到任何其他的人和车辆，感觉到了一个全新的、与世隔绝的世界，在一个纯自然环境里面能让自己的身和心彻底放松。

数字商业时代：你会和什么样的人同行？

刘强东：我们有一个大概几十个人的小圈子，每次去的时候，群发个短信，总会有人报名响应，所以每次去的人可能都不一样。他们基本上都是各个企业的老板，但是玩了四五年了，依然不太熟悉。大家互相之间都不知道真实姓名。我们很少聊私人的事情，也很少聊工作，出去就是寻求工作和正常生活之外的一种释放。

数字商业时代：看到你在微博上说，从沙漠出来的时候就觉得"真是神马都是浮云"。

刘强东：每次在沙漠里面行走是极为困难的，在沙漠里一个小时最多也就走十公里左右，这都算快的了。如果是在库布齐、科尔沁这些比较软的沙漠，有时候五公里路程要走四五个小时，每行一步都是非常艰难的。出来时人都会很憔悴，在沙漠里还要拖、拉陷在沙里的车子，下车走路察看地形，有很多体力劳动，加上吃不好，睡不好，很疲惫，但是在沙漠里你会很激动、兴奋。

数字商业时代：这些经历对您有一种心理治疗的功效是吗？

刘强东：我觉得应该有。穿沙漠要不断爬大坡，疯狂的时候我们整个车队用非常快的速度向一个大沙包冲过去，整个车队就像能飞起来一样。快冲到沙包顶上的时候，你在车里面，除了天，你什么都看不到，当你从一个很高、很陡的沙坡往下飞的时候，你眼中就是地，除了地之外什么都看不到。所以当你的生活中有一段时间，除了天和地之外看不到别的物体的时候，会非常有感触，你会真的觉得天地之间的事都很渺小，都像一粒沙，所以没必要对很多事情太较真。

数字商业时代：会不会遇到自己太过于纠结某些事，或者到了快熬不住的那种临界点的时候，就会想去沙漠了？

刘强东：只要去之前，觉得这件事很难达到，老是耿耿于怀，老是纠结，即使你想尽一切办法想把它忘掉，或者想去淡化它，结果做不到的时候，我

可能就会出去。当从沙漠成功穿越之后,就会发现很容易把它淡忘掉。

数字商业时代:每次回来之后,您的感触是不是都会有一些不同的地方?

刘强东:穿越沙漠一般会有两三辆车组成一个车队,这样可以互相救援一下,一辆车进去出来的概率只有 5%,就是说每次穿越沙漠,一定会有陷车的现象,每次穿越沙漠的过程中,几乎每辆车都需要别人的一些救援才能出来,一辆车进沙漠,几乎是不太可能的事情。必须在团队的合作之下,才能走出这个沙漠。悍马掉进冰河里那次遭遇,让我更体会到这种团队的力量和人与人相互支撑的本质。

数字商业时代:是不是您经历这件事之后,更加觉得,只要拥有好的团队,没有什么困难是战胜不了的,因为对人本身来说你经历的这些也算是极限的困难了。

刘强东:对。当你发现你的团队还在的时候,有这么多同志支持你,这么多同志每天在加班加点地努力工作,那么觉得公司不管遇到多少困难,我觉得都可以过去,就是不抛弃,不放弃。

数字商业时代:你选择离开现实去穿越沙漠,就好像是在面对一个很大的困难的时候,选择去挑战另一个层面的同样大的困难。

刘强东:2010 年,我们一个车队准备从北京驱车去拉萨,那段时间遭遇百年不遇的洪水,桥被冲塌,路被冲断了。去之前我的助理还找了一个风水先生给我算了一卦,说我是肯定到不了拉萨的。当时我们开到离拉萨只有 100 多公里的地方,可是洪水已经把桥彻底冲塌了,我又折回来走318 国道,后来路又断了,车在 317、318 国道上折返走了无数次,急的时候,我一个人开车开了 26 个小时没停。到日程的后半段,由于时间关系有的人就放弃了,最终我抵达了拉萨,抵达了我心中的圣地。

数字商业时代:是不是因为有人说你到不了,你就更想证明给自己看?

刘强东:我觉得更多的还是我的一个信念,就是既然去了就一定要把它做成。当然,如果说在我的假期允许的 20 天之内完不成,我可能要放弃,这就是我的底线。但是,只要在 20 天期限能完成的时候,我肯定不会放弃的,不管遇到多少困难。

汪海：我喜欢挑战

> 我是企业的缔造者，我是双星品牌的创始人、缔造者，我是最好的、最真实的双星品牌的代言人。在美国微软演讲的时候，我上台就问这些听演讲的人："你们谁能回答我一个问题，全世界形象代言人有两个老头都是谁？"他们没答话。我说一个是美国的肯德基，那个老头年龄比我还大；再就是中国还有一个老头，我本人，戴着红帽子做自己的形象代言人。
>
> ——汪 海

汪海，1941年出生，大专文化，高级经济师，双星集团董事长兼党委书记，自1974年起在双星集团工作，曾任青岛橡胶九厂党委副书记、书记、厂长。在双星集团领导岗位上工作多年，具有丰富的鞋业制造经验及专业知识，管理经验丰富，是国家级有突出贡献的管理专家，享受政府特殊津贴。

汪海给自己的评价是："我是一个冒险者、开拓者、成功者、幸存者。双星在中国的这个名牌是我带领我的员工伙伴干出来的，我是双星的缔造者，这是事实。"具有演讲才能、没有高学历的汪海喜欢反思维，用不断的自我挑战来证明自己的价值。

我喜欢挑战

在汪海看来："其实有时候市场好与不好只是外因，关键是你有没有做好准备。越是危机越向前，越是危机的时候越是我们发展的机遇，也是

整个轮胎业和鞋业重新洗牌发展的机遇。比如我们现在的轮胎企业,实行减产、限产不停产,轮岗、待岗不减员。危机不是靠减员可以度过的,对我们来说,员工和双星集团是紧紧连在一起的。喜欢挑战,是双星人的一贯作风。"

1988年,在"首届全国优秀企业家表彰大会"上,汪海与其他19位企业家共同获得"金球奖"奖章。20多年过去了,如今还在一线战斗并持续担任企业高层的只有汪海一人。汪海是"幸存者",他用一种精神带领双星走过了30年。而未来的30年,他对双星依然乐观。

1941年出生的汪海是那个时代一个鲜明的符号,也是那一代企业家中最典型的——抓住改革开放机遇,第一拨带领企业走向市场化而且持续位居企业一线的企业家。在很多人眼里,如果不是汪海特立独行的方式,如果不是他喜欢挑战,如果没有他领先一步的行为,双星或许是另一种情形。

汪海说他是企业的缔造者,也是双星的形象代言人。他曾说:"我是企业的缔造者,我是双星品牌的创始人、缔造者,我是最好的、最真实的双星品牌的代言人。在美国微软演讲的时候,我上台就问这些听演讲的人:'你们谁能回答我一个问题,全世界形象代言人有两个老头都是谁?'他们没答话。我说一个是美国的肯德基,那个老头年龄比我还大;再就是中国还有一个老头,我本人,戴着红帽子做自己的形象代言人。"

为汽车造"鞋"

2005年上半年,"轮胎业国企重组第一案"即双星成功重组了东风轮胎引起众人关注,而东风轮胎曾是全国轮胎行业的四大家族之一。通过重组东风轮胎,双星的轮胎生产能力已经突破1000万套,一跃成为国内最大的轮胎生产企业。把双星打造成中国鞋业第一名牌后,汪海为汽车造"鞋"的规划也变得十分清晰。

对国企兼并重组,当年双星托管东风轮胎厂时,汪海很成功化解了矛盾。他回忆说:"我记得很清楚,当我们来到十堰时,首先迎接我们的就是双星滚回去,汪海滚回去!这样的大标语。说实话,这样的标语让人有些震惊,预示着可能会有更大的风暴。我们刚刚住进招待所,又有好几百名员工围上来了。后来,当时的湖北省副省长专程到招待所看望我们,怕我们出意外,要把我们接到宾馆去住。但是我对他说,在越南战场我都大难不死,我不相信自己就会死在湖北。后来,眼看聚集的员工越来越多,当时湖北省的领导对我说,如果不行就别干了,回青岛吧。我对他们说,只要你们省委、市委决定要干,支持我干,那我就不走了。我明天就去会会这些职工,告诉他们,我汪海到这里干什么来了。而且逃避不是办法,我喜欢挑战。托管东风,我有责任、有义务、有能力把它治理好。我要用文化理念教育人、改造人、管理人、团结人,我相信会彻底改变过去的做法和现状的。"

事实证明,就连东风的职工们也不得不承认,企业相较于过去有了明显的改观。比如厂房干净了、大家的积极性提高了……汪海却说:"我把青岛轮胎公司的管理方法移植到了双星东风,让职工有真正的权益。把承包人变成双星的'小老板'、'红管家',从工厂、车间算成本的管理模式转移到机台、生产线、工序、个人上来,化整为零,以内部市场化运行、限时计划为管理基础,以抓细分细化、分段核算、一天一算,当天出成本。这样一来,每个部门的生产成本、盈利情况一目了然。比如,半钢胎厂的一道工序,原来每天产生的废料是 87 公斤,价值 87 元,而经过改进后,每天产生的废料降到了 8 公斤,这样可以减少购买成本,节约的成本就是他们的收益。收入多了、责任心也就强了,这时候不用你给他订制度,他们自己作为承包人都会主动约束自己。比如上班不迟到,早来晚走,因为这和他们的收入捆绑在一起了。"

终身总裁

没有总裁架子的汪海,每次到分公司考察,必亲自下车间,了解生产状况。工人们也习惯拉着他的胳膊,争先恐后地让汪海到自己的那道工序看看是如何进行节能降耗、技术创新的。他坚定地表示:"把职工的积极性调动起来,就得让他们看到希望和前途,要让职工看到和自己相关的利益能够得到保障。技术创新、节能降耗,看起来是企业的事情,但和他们的利益直接相关。因为他们是每道工序的承包人,盈亏每天是看得到的。让职工收入提高了,也能按时分红,他们肯定会有积极性的。"

在双星员工的心目中,汪海是他们的"终身总裁"。而这对于汪海来讲,则是他获得的最高荣誉,他感慨道:"这是我迄今为止获得的最高、最好、最大,也是最难的荣誉。"

今天的双星已发展成为拥有鞋业、轮胎、机械、服装、热电五大支柱产业和包括印刷、绣品及三产配套在内横跨 23 个产业的综合性特大型企业集团,资产总额由不足 1000 万元增加到 60 亿元,出口创汇由 175 万美元增长到 3 亿美元,销售收入由 3800 多万元增长到超过 100 亿元,是中国橡胶行业唯一同时拥有"双星专业运动鞋、双星旅游鞋、双星皮鞋、双星轮胎"四个中国名牌的企业。汪海说:"我对自己有两个定位,我永远是个士兵,也永远是个鞋匠,从给人做鞋到给汽车做鞋(指轮胎),只要自己在双星一天,就要不断在市场经济中打拼。"

对话企业家

数字商业时代:你自己创造的"九九管理法"很有特色,而且在集团内部非常有效。不过有人说,你的管理是没有章法的"四不像"管理方式,你介意吗?

汪海:任何企业都要有符合自己的管理模式和方法,别人的管理方法可以借鉴但需要改良,不能全部照搬,外界对我的管理评价是"四不像",但这并不重要。早在改革开放初期,我就提出了"定置管理"的理念,就是职工必须掌握每一个生产环节的工作情况;接着又创出"投入产出一条龙管理法";生产流程中推行数字跟踪卡、技术跟踪卡等,这些管理方法是根据企业的实际情况,结合企业文化总结出来的。事实证明,这样的管理方法是有效的,何必要按照其他人的管理方法去做呢?

当时推出的"九九管理法"是对企业的每一个流程都进行了细化,是由"三环"、"三轮"、"三原则"构成的。提出的这种管理方法,在当时的市场环境下还是非常创新的,而这套管理体系使双星在成本管理、人员管理、技术创新等方面都有了标准和规则。

数字商业时代：这样的管理方法到现在一直沿用吗？重组东风后，原来的企业职工对这种文化是否有抵触情绪？

汪海：双星刚开始进入东风，肯定会遇到很多问题，也有员工不理解，认为我们是拿样子做势，还担心自己丢掉工作。但我们自己很清楚，双星到东风的目的并不是作秀，也不是吞噬这里的资产；否则，我们不会从青岛跑到湖北。

一个必须要改革创新的企业，是需要注入新鲜血液的，但重要的是让职工看到，注入的新鲜血液也会在他们体内循环流动，让他们有最真实的变化才是最重要的。托管东风后，不但没有"大换血"，还实行了工人"直选"车间领导的新机制，这种民主管理立时调动了职工爱企业、爱岗位的热情。"双星不搞什么接班人政策，而是面向市场去选择。谁做得好，做出了成就，能让大家心服口服，谁就是未来双星的总裁。"

数字商业时代：几十年来，你带领双星不断向前走，感到最成功的地方在哪里？

汪海：最成功的一点就是能够不断适应新要求，适应市场发展。

数字商业时代：双星的员工选举你为"终身总裁"，可以说是对你几十年付出的最大程度的认可。你个人怎么看？

汪海：这是我最看重的一种荣誉。我知道，国有企业没有终身制，只要让我做一天，我就把它做好，我要对我的员工负责，我要对我这一生创造的双星品牌负责。什么时候不让我干了，今天不让我干，明天就交班，后天就回家。所以说，我觉得我的心态非常好。我有几句话，"活过九十九，干到八十八，再补十年差"。所以说呢，我要继续干下去。

数字商业时代：毕竟你是个年届七十的老人，终有一天会离开企业，有没有想过接班人的问题？你会选择什么样的人来传承双星的发展？

汪海：的确有很多人在关注这件事情，看我卸任之后谁来带领双星发展。我想说的是，双星是在自己手里成长起来的，绝不能交给后人一个没有发展后劲的双星；资本主义国家的知名企业能够一代又一代地交替发展起来，我们为什么不能！双星可以万古长青，这就需要几代人把双星的大旗扛下去。

在接班人问题上,双星不搞什么接班人政策,而是面向市场去选择,谁有本事,谁上。双星不仅是青岛的双星,还是中国的双星,世界的双星。目前,双星已经在全国构建了七大市场区域,都拥有自己的科研创新、生产基地、营销网络,大家都共同在做"双星"的这块牌子。谁做得好,做出了成就,让大家能够心服口服,谁就是未来双星的总裁。

数字商业时代:你在经营企业这么多年中,最大的收获是什么?你最想感谢的人是谁?

汪海:我最想感谢的就是共产党,如果没有共产党,就没有双星的今天。当然,我更要感谢父母给了我生命。我这辈子最大的成功就是培植了"双星"这个名牌。"双星"品牌已经具备了自我生存与发展的机制和条件,双星集团的一切都已经按市场化机制运转,能市场化的都已经市场化了。

茅忠群：不想守业要创业

> 要学习的企业家有很多，但是你要问我想
> 做成谁，我觉得做我这样的CEO就挺好。
>
> ——茅忠群

茅忠群，1969年8月出生于浙江省慈溪市。1994年至1995年，任飞翔集团公司副总经理；1996年1月创办并经营宁波飞翔厨房设备有限公司，后更名为宁波方太厨具有限公司，任总经理；1996年1月，茅忠群主持开发的方太大圆弧流线型吸油烟机问世，投放市场后便一炮打响，获得多项外观及实用新型国家级专利；2002年，茅忠群正式接替方太，主持全面事务。

当大多数人对资本逐利时，茅忠群却带领方太默默地按照每年20%～30%的业绩增长要求自己；当市场份额已经达到30%的时候，他希望未来增长至40%就足够，因为他想一心一意坚持自己。茅忠群说："要学习的企业家有很多，但是你要问我想做成谁，我觉得做我这样的CEO就挺好。"2010年，方太的销售业绩已超过了20亿，在行业内保持着领跑者的姿态。作为方太的缔造者，茅忠群却不认为自己有过人之处，"我只是一直坚持着方太最初的定位，并努力做好"。

我不想守业，我要创业

在江浙地区，民营企业众多，子承父业天经地义。1994年的茅忠群26岁，刚刚从上海交大硕士毕业。一毕业，他就在父亲的飞翔点火枪厂任职。不过茅忠群却并没有跟着父亲做管理跑业务，也没有去帮助飞翔点

火枪厂寻找怎样摆脱低价的困境,而是用一年时间做思考与研究。未毕业时,茅忠群就已看出父亲的点火枪事业发展前景有限,低价已经做到极限,没有更大的发展空间。

"我不想守业,我要创业。"茅忠群的目的很明确,"这一年就寻找合适的项目。"当时微波炉和抽油烟机两个行业进入了茅忠群的视线,门槛并不太高而且没有特别强的外资巨头垄断。再三考虑,茅忠群选择了抽油烟机行业。

当时,抽油烟机并非蓝海产业,包括帅康、老板等一批民营企业都在做抽油烟机,但茅忠群还是踏入了这个行业并决定未来要做高端。他说:"中国厨房很特殊,油烟大,外资企业做得并不好,而国内企业又大部分致力于中低端产品的开发与营销。这种情况致使企业很难出头。中低端虽然门槛低,但一进去就面对几百个对手的竞争,高端产品虽然门槛高,但是一旦进入就能作为先行者而抢占先机,只要有好产品就不怕没有好市场。"主意已定,1995年茅忠群正式开始确定做高端抽油烟机项目。

项目确立后,有一个新问题,就是对新公司的管理。见过老工厂中的复杂人际关系,茅忠群做出了一个决定:约法三章。"原来的人除非我看中,否则一个都不要,尤其是亲戚不能要,特别是管理层;企业要从农村搬到城里去;第三就是有关新业务的重大决策由我说了算。"

茅忠群不希望自己创办的企业再步很多民营企业家族式发展的后尘,工厂在农村迁不出来就一定摆脱不了错综复杂的关系,这里面包含最让他头疼的亲属裙带关系。"我知道如果我开不了这口,将来就一定抹不开面子去做事,这对企业发展是最不利的。"茅忠群把人际协调的事情交给了父亲去处理,只一心研发自己的项目。而这约法三章也为方太健康的成长起到了护航作用。

初创业时总是艰苦的。父亲给他500万元创业,茅忠群用430万元建新厂,将企业从宁波的乡下搬到了现在的杭州湾新区,剩下的70万元用做初创经费。为了有效地进入市场,茅忠群和员工一起做了几百家的入户调查,调查消费者对抽油烟机还有哪些需要改进的方面。"我们最终总结出6大问题,包括漏油和不安全等。"

因为经费紧张与初创业的冒险大胆，茅忠群做出了在当时看来绝对是创新的举动——与浙江大学的学生合作，为抽油烟机的外观做工业设计。彼时的抽油烟机只有品牌不同，而外观则千篇一律。行业里也从未有工业设计一说，更别提和高校学生合作设计。这一设计便是十个月，要知道，同行一款产品从设计到生产只用三个月，而茅忠群为第一款产品足足用了十个月。

然而，天马行空的创意与设计并不能在工业中实现，"创意完美却做不出来，图纸上的产品受制于材料与工艺并不能生产出来，只能再次调整"。茅忠群最终将一款外观漂亮的深型机研制出来，以高于市面最高端产品 20% 的价格上市，非但没有滞销反而更畅销，"1996 年就卖出 4000 万左右，1997 年开始上亿了"。

"当时确实是初生牛犊不怕虎，凭着一种精神拼的，没有想过万一不成会怎样。"无论如何，茅忠群很满意自己的第一仗。也许是茅忠群内心早有方向，自从创业以来，茅忠群就为产品定性——必须是创新的，有工业设计的。因此，方太的技术研发室绝对算奢华，6000 平方米的面积是行业内最大的厨电实验室。

以"方太"之名

谈起"方太"名称的由来，至今，茅忠群还庆幸自己没有沿用父亲喜欢的"飞翔"品牌。在产品上市之前，茅忠群出差，在路上看到了一本《方太世界》，"当时我就想就是它了。方便太平，多好，而且方太是香港那边的叫法，又让人觉得洋气"。当时在浙大提交的设计书中有"方太"这样一个名字。"为此事我和父亲还争执了好久，他舍不得飞翔，我却坚持用方太。"茅忠群回忆着，结果是茅忠群和母亲以 2∶1 的优势说服了父亲。

选择了方太这个名字之后，茅忠群大胆启用香港亚洲电视台著名节目主持人方任莉莎女士为方太做广告，做产品代言人，因为方任莉莎女士被人习惯称为"方太"，又是香港亚洲电视台两档烹饪教育节目的主持人，同时也是美食杂志《方太世界》的创办人，在中国香港、广东以及整个东南亚地区都是家庭主妇的偶像。他说："吸油烟机作为一种厨房设备，用'方

太'命名再用方太代言,很容易诱发家庭主妇对我们产品的好感。"

富于创新精神、敢于第一个吃螃蟹的茅忠群也得到了回报,投放广告当年,方太销售额接近2亿元,比上年同期增长193.4%,茅忠群曾不无得意地讲道:"更重要的是,因为方太的影响力,我们在进入家电大省广东时丝毫没费力气就抢占了市场份额,要知道作为传统的家电大省,外地品牌很难立足,我们方太在没做广告的情况下不但立足,而且将市场业绩冲到广东省第一,这归功于我们请方太宣传。"

追求管理的平衡

茅忠群办公室的墙上挂着一幅字:无为而无所不为。近年来茅忠群开始钻研国学管理之道。"我在几年之前本来是想学英语,但是发现学英语效果不大,而我一直是工科生,干嘛不补补传统文化?"茅忠群开始穿梭于各名校国学班进行学习。

茅忠群虽然将国学从兴趣爱好上升到管理之道,实际上方太中不乏管理人员,大部分高管都来自于世界500强企业,而且忠诚度很高,作为一家民营企业能留住如此多的人才,茅忠群自己也为企业文化自豪。在管理人才上,茅忠群从未省过钱,相反是大手笔投入。早在1999年,茅忠群就开始逐渐引进世界500强的高管来方太任职,"我请他们过来也是在和他们学习西方的管理模式,并根据这些经验拟定了相对规范的20条企业规章制度。在制度下办事让很多外企高管都觉得很适应,因为他们所处的文化一直是这样的"。

"空降兵"与企业文化融合的事情解决了,但是茅忠群却发现了另外的问题,这个问题让他开始思考是否将国学引入企业管理。"在外企的制度中,外国人看到的是规矩,但中国人看到的却是漏洞,并会想着如何去规避。"

茅忠群也担心自己的企业出现只遵循制度或者只找漏洞的员工。他开始琢磨怎样在管理上借鉴国学,"我发现古人的话凝练且引人深思。为什么不能将经典文化作为企业信仰呢?"茅忠群举了个生动的例子:车在行驶中如果看到红灯,可能一部分人是因为担心受罚才停车,而如果另一个路口没警察也没摄像头，那可能闯了红灯也没有羞耻感，"并不会觉得违章是一件没有道德的事情"。但茅忠群却认为，与其这样用法制去强调，不如让员工内心建立起道德标杆，"用道德和礼法来管理，这样的话不管罚与不罚，他都不会去做，这是内心羞耻感导致的"。

"我并不是否定西方文化，相反我想知道哪些西方管理文化是有用的，中国文化又能在哪些方面互补。不同国家的习惯是不同国家、地区的文化潜移默化而成的，所以按照中国人的经典国学去管理中国人的企业可能事半功倍。"在所有的国学中，茅忠群最推崇儒家："儒家是入世的。"要知道，读书时成绩优异的茅忠群看到作文就头疼，除了考试，平时的作文作业都能逃则逃，如今却钻研起国学并想成体系地写出来，作为企业国学管理教程。"我现在每周写一点对国学的感悟，与同事分享。未来可能会出本书。"

茅忠群如今建立了孔子堂，公司的高管们每周都会来这里交流心得并做书目推荐，茅忠群希望将儒家思想作为文化价值观去推崇，"这样，管理上就是两条腿在走路了，管理效率就会大大提升"。如今，在方太，每天每个部门员工都会在固定时间读经，从《弟子规》到《三字经》再到《论语》，很多人熟悉得可以背诵下来。

而茅忠群的长期坚持也看到了效果，"自从我们将国学融入管理之后，以前的一些小问题现在都没有了"。

对话企业家

数字商业时代：当时方太初创的时候，董事长给你投了多少钱？你是怎样合理分配开支的？

茅忠群：整个规模是 500 万，430 万是属于企业置地，剩下的 70 万作为创业费用。当时我们是跟浙大的学生合作搞工业设计，因为那时整个中国家电行业没有工业设计这个概念，外观都是工程师在设计内部结构的时候顺便画出来，所以这方面开支比较小。

数字商业时代：有没有想过一旦高端战略不成功，可能会对以后的经营造成影响？

茅忠群：说实话，我没想。可能当时年轻，初生之犊不畏虎，如果考虑那么多后果的话，说不定就不敢做了，只能是因为年轻，有创业者的冲劲。

数字商业时代：方太成功了，但也要面临抄袭的问题。中国人的模仿能力很强，方太作为业内的领跑者，是不是一出新款就有人模仿？

茅忠群：对，但是他们只能模仿外观，只能模仿一部分，刚才我说了，比较难做的就是开发工艺，我们抽油烟机有"鼻子"那是翻板，方便清理的，但是市面上的鼻子都是死的。我也没精力打假，只能不断提升自己的产品。而且在中国判断这个牌子是不是名牌，主要看一个标准，有多少假冒的、模仿的。

数字商业时代：方太现在已经开始涉足房地产业务，未来会不会考虑上市？

茅忠群：我们高端定位的原则，就是对自己发展节奏和规模增长都有一定要求。如果上市势必会进来一些资本，我不太喜欢，因为上市后自己很难开心地做事情，很难按照自己的想法发展自己的这个企业。资本投入后，投资方肯定会频频念经，我不太喜欢听，会影响我们战略的坚持，其实我这个人有时候又很君子，听多了又会心软，没准就不坚持战略了，还不如不上市。

数字商业时代：高端市场毕竟只是一小部分市场，未来会做中低端产品么？

茅忠群：暂时没有考虑。我们会把这种高端战略贯彻执行得更彻底，将来会越做越高，我们会进入到没有竞争对手的领域，没有竞争你就不跟人家争。中国中低端市场有几百家企业，如果我进入了这个中低端市场，相当于你跟这几百家企业在市场上争蛋糕，但是你不进去就不跟他们争，他们也不打败你。

数字商业时代：是否在企业管理的过程中改变自己的某些性格？

茅忠群：对外的交往可能会是我一个弱势，但是我觉得人的性格很难改，也不一定要去改，因为作为一个领导人不能没有性格，如果全部都是平衡的，他就是相当于没有性格，没有性格也不好。

数字商业时代：你觉得最值得学习的企业家是谁？你想成为像谁一样的企业家？

茅忠群：值得学习的有很多，像国外的稻盛和夫，中国也很多，万科的王石，远大的张跃，我觉得很多了。但是明确要成为像谁一样的CEO，那就选我自己也可以。

郭曼：让航美成为"媒体巨人"

> 目标越高远，承受的压力就越大，人家看你好像已经成功了，可是你每天都在煎熬着，因为距离你的目标还很远。
>
> ——郭　曼

郭曼，1963 年出生，航美传媒创始人。被誉为"2006 中国广告新媒体突出贡献人物"和"2007 新传媒·传媒创意产业十大领军人物"等称号。

"悖论"式看问题

因郭曼军人出身，所以，他认定的事一定不会放弃。他总是在做着挑战自我的事情：一个风头正劲的军官出乎意料地转业到了民航；从没想过经商的他，最终却又放弃了稳定的工作，毅然"下海"成为了商人；一向对广告不感兴趣的他，最终偏偏又成为了户外广告媒体航美传媒集团（以下简称航美）的董事会主席兼首席执行官。

郭曼似乎经常以"悖论"的方式看待问题。航美于 2005 年年末创立，当航美仅仅创建两年就登陆美国纳斯达克股市时，郭曼说"心里很紧张"；而当航美在金融危机背景下逆势扩张，连续两季度亏损的时候，郭曼却轻松地说他很踏实。他说："比起上市的时候，我们现在强大了不知道多少倍。那时候我们只有电视系统一个产品线，现在我们有 50 个机场、12 个航空公司的电视媒体、30 个机场的数码刷屏网络，仅首都机场就有 600 多个刷屏，传统媒体我们也做到了最大，还有盈利能力很强的中石化项目。"在郭曼看来，无论是股票跳水还是亏损，都不是战略、战术上的失误，而是外界不可抗力使然。

9 年的军旅生涯不仅磨炼出了郭曼沉着、冷静的一面,更培养了他在任何困难面前从不慌乱的定力。他曾说:"遇到困难,紧张没有用,想办法解决它就是了。"

从军人转身到商人

郭曼看重两个地方:一个是中国人民解放军信息工程学院,一个是中国民航开发公司。前者是他性格成型的地方,后者则是他商业意识萌发的地方。

1983 年,主修应用数学专业的郭曼从军校毕业后留在部队,当上了军官。郭曼回忆说:"部队的纪律性很强,那时候脑子里全是'一不怕苦、二不怕死'和'轻伤不下火线'的指导思想,从来不会被困难吓倒。"可以说,在部队 9 年生命不息、战斗不止的战士精神已深深地烙入他的心底。

但他骨子里的"挑战因子"却依然还在。郭曼喜欢过大风大浪的生活,就像小时候用扑克牌算命,从来不觉得抽到六就代表事情会很顺,他说:"我不愿意过那种有非常固定模式的生活。如果你想有大的作为,那中间的过程就没有顺的,也没有一个有成就的人是一帆风顺过来的。只有不断克服障碍、克服困难,走的路才会更远。"

于是,郭曼选择转业去了民航。父亲无法理解一个前途无量的军官为何要转业做一个"平民百姓"。但恰恰是在民航工作的那段日子让郭曼隐隐约约意识到了商业的魅力。

一次,民航负责组团去新疆塔克拉玛干沙漠旅游,本该只负责客货代理的郭曼却独自挑起了全部任务。从在日本把团员的药品、食品等东西集中在一起,到运送至天津新港,再到北京、酒泉、新疆等地的几次转运,最终传递到中国香港和伊朗,整个过程中,小到清点物品,大到攻克海关,从头至尾的每个环节都是郭曼亲力亲为。他说:"之前从没接触过,所以是一边学一边干,也是状况不断。"三个月下来,仅用了公司小部分资源,却为公司赚了一大笔钱,郭曼完成了他人生的第一笔生意。

之后,郭曼选择"下海"。他的父亲闻讯赶到北京,力劝儿子要保住民航这个"铁饭碗"。可惜老人又没有成功，郭曼最终拿着当初从部队转业时领到的 900 元转业费，开始了自己的商业之旅。

"下海"后，郭曼一直尝试着各种和航空相关的经营项目。做过包机运送水果的贸易，和日本人合伙做过河豚生意，直到 1997 年，郭曼意识到自己做的只是生意，并不是事业，才开始寻找别的出路。

从艰难发展到"煎熬"

机会总是留给有准备的人，而郭曼却从来不是一个缺少机遇的人，他说："我一直在找新的发展机会，终于在国外发现了户外的 LED 大屏幕，凭着几年积累下来的对商业的敏感，一些创新的理念萌发了。"

当时多数人对户外广告的认识还局限在传统的户外路牌和灯箱上，郭曼却敏感地意识到，这个时候把 LED 这种新的模式引进到中国应该是不错的选择。

最初，郭曼想在城里做户外广告。可当时恰逢政府整顿户外广告，本来与新东安谈好的合作，也因为政府审批迟迟下不来让郭曼最初的设想成为泡影。庆幸的是，刚好 T2 航站楼竣工，郭曼便选择进首都机场，他拿出自己的全部积蓄，又向朋友借了一些，投资 900 万元，建起了由四块小屏幕拼接成的超大屏幕电视。

刚刚起步的那段日子郭曼过得很艰难。由于是全新的媒体投放模式，国内并没有多少企业对此认可，所以郭曼在发展业务的同时还要去培养市场，"教育"客户。他感慨地说："为了能够让客户选择这个媒体做广告，郭曼什么事情都做，什么服务都要提供，甚至包括帮着客户打官司。几乎什么亏本的买卖都去做。"同时，郭曼心里清楚，有些买卖是不该做的，"客户要我做灯箱给他们，我没做，因为我相信这个模式一定会成功，我不能去赚容易赚的钱，一旦我很容易地赚到了钱，那我就很容易放弃。"

经受了各种诱惑，郭曼把所有的财力、物力和精力都放到了这个产品线上，一撑就是一年半。直到 2001 年，张瑞敏救了郭曼。他说："我不断地游说张瑞敏，还免费送他广告，试图让他去接受、认可我们这种模式，最终还是他给我出了主意。"而当时张瑞敏给郭曼的要求只有一个——让

"海尔真诚到永远"的声音可以传遍整个机场。只要郭曼把电视技术建立起来，加大覆盖范围，海尔就同意全年投放广告。于是，郭曼又和朋友借了几百万元，建立起新网络。而郭曼的这次投资换回的，是海尔3年1000多万元的合同。

随后，三星、LG……纷纷投广告，新模式得到认可，公司业务开始好转。郭曼马上将模式复制到广州、上海等地，展开扩张架势。2005年，郭曼引入鼎晖1200万美元私募基金后进行了股权和资源的整合，当年11月成立航美。一般来讲，私募基金多投资一些行业内前三名且前景好、团队稳定的公司。而郭曼拿到这第一笔资金时，公司都还没有成立。从某种意义上说，鼎晖的钱基本是投给郭曼个人的，是对个人能力和信誉的信任和认可。

得到注资的航美发展迅速，两年后成功登陆美国纳斯达克。发行价15美元的航美传媒，上市当天便冲高至22.71美元。而航美传媒上市的当天，刚好是全球股市下挫的起始日，2007年11月7日。没有受到市场向下走的影响，航美传媒的良好反响让不少替郭曼捏一把汗的股东们长舒了一口气。然而，郭曼却没有轻松。他说："目标越高远，承受的压力就越大，人家看你好像已经成功了，可是你每天都在煎熬着，因为距离你的目标还很远。"在郭曼看来，公司上市了，反而让他更感到"煎熬"。

要成为真正的媒体巨人

经历了辉煌的融资、上市之后，郭曼从2008年底开始至今已经先后三次尝到了从空中跌落的感觉：2008年12月20日，航美传媒在纳斯达克大幅跳水，收盘价仅为4.8美元；2009年第一季度，航美出现上市以来首次亏损，净亏损额达130万美元；而2009年第二季度业绩继续走低，净亏损700万美元。

受金融危机影响，航美前十大股票客户破产6个，其中包括持有航美几百万美元股票的雷曼兄弟在内，几大投行的破产令航美股票狂跌。另一方面，金融危机令许多公司减少了宣传预算，在一定程度上影响了航美的收入。郭曼回忆说："金融危机让许多企业把宣传费用砍了，尤其我们

的客户有 50% 来自国际，他们去年第四季度做今年预算时非常悲观，基本上砍了 50%～90% 不等，我们业绩受到巨大影响。"

郭曼清晰记得，当时他给每位员工发了一封亲笔信："即使金融危机不能很快度过，哪怕金融危机会持续到明年、后年，我们仍然会选择逆流而上！航美不是一家跑短跑的公司，我们更重视长期可持续发展战略。为了更大的目标，为了以后更长期的发展，我们会不惜牺牲一些眼前利益，不惜忍受一时的亏损，不惜忍受一时的股价低迷。航美是一家有着远大理想的公司，我们要成为广告市场卓越的领导者，要成为真正的媒体巨人！"

在郭曼看来，"金融风暴是一柄机遇与挑战并存的'双刃剑'，经济危机为我们优化市场环境、扩大资源范围提供了一次百年不遇的良机"。就在几家竞争对手宣布放弃原有的航空广告市场经营之后，2009 年 3 月，航美传媒集团宣布获得北京首都国际机场和深圳国际机场多种传统媒体特许经营权，同时，航美还同深圳国际机场续签了数字电视系统的特许经营合同。4 月，航美又宣布将在广州白云国际机场安装和运营三块总面积超过 240 平方米的巨型 LED 显示屏。

航美的扩张与同业中竞争对手的"收紧"政策形成了鲜明的对比。郭曼心里却装着十分清晰的生意经——一切目的均是为了抢占市场，提高市场话语权。他说："有人问我为什么当手中房子还没有完全卖出的时候，又把另一栋楼盘接下来了？我是这样理解的，如果我只经营其中一栋，如果另外那栋卖 100，那我的也只能卖 100。但如果两个都是自己的，我就可以卖 150，这意味着我能争取一个定价的权利，去争取最大的市场份额，提高进入壁垒；另一方面，市场占有率的提高，竞争对手和我们的差距也就越来越大。"显然，郭曼是在透支明天的钱来建今天的新业务，而暂时的亏损也只是在为未来赚更多的钱"铺路"。

第三章　布局商业新天地

黄怒波：拒绝野蛮生长

> 在中国，地产项目做得慢，反而是件好事，买得早，升值快。
>
> ——黄怒波

黄怒波，笔名骆英，中坤地产公司掌门人。1956 年 6 月生于兰州，长在宁夏银川。他是诗人，是中国诗歌界的骆英；他是商人，是中国新一代儒商代表，他是一个"十个指头能按住十五只跳蚤"的人。

中坤本质上更像一个混血儿：把文化嫁接到产业，把产业跟土地结合，这是黄怒波的差异化优势所在，也是他诗人情怀和商业战略的复合作品。

"不走寻常路"的做法决定了中坤在某种意义上坚持走"骆驼路线"：始终自持物业让中坤多年来在资金流上一直隐忍坚持，但当其他地产商遭遇寒冬时，中坤却独善其身，秋天的储藏变现为春天的丰美水草。如果景区有一天被国家收走了，黄怒波早就做好了准备：中坤到时已经不靠景区赚钱，靠的是一个度假网络。

在地产界"拥有了一定话语权"的中坤掌门人早已经习惯了媒体排队访谈的生活，但近几年，黄怒波与各路媒体谈诗歌，谈行业，谈登山，谈人生，精彩语录不少，但唯独很少谈他的中坤公司本身。

"冬眠"已过

中坤"不走寻常路"的做法决定了与其他以住宅地产为主业的地产商们有着不同的晴雨表,当 2009 年多数地产商志得意满之时,黄怒波带领他的中坤地产却在咬牙坚持,当时在新疆五地开发超过百万平方公里的南疆旅游项目在僵持了数年后仍然没有进入盈利的轨道;而在"SARS"、奥运等诸多"不可抗外力"的影响下,大钟寺中坤广场拖拉完成了主体工程后,又赶上了全球经济危机,在开业时间上数次"跳票"。

这正如黄怒波所说:中国住宅地产的问题早已经超出了简单的经济问题范畴。当经济危机的寒意远去之后,2010 年政府不惜再次重拳出击调整过热的房地产市场,让诸多地产商开始心有余悸,中坤则像经过了冬眠的熊一样,开始感受到了春天。随着新疆大的政经政策的调整,南疆旅游项目的价值开始落实,而大钟寺中坤广场在完成了局部改造之后,以王府井百货集团 hQ 尚客、家乐福、国美电器等组成的商业主力店"梦之队"也集体开张。

黄怒波自信满满地给自己算了一笔账:"在中国,地产项目做得慢,反而是件好事,买得早,升值快。大钟寺中坤广场这个大项目其实时间不算长,你在国外做怎么也得十年,我们应该也就做了五六年吧,开工后也建得挺好。这个地方拍到时地皮就卖到 6000 多块钱,后来进入工程阶段,一会儿赶上奥运会,一会儿赶上宏观调控,大钟寺中坤广场开始做的时候感觉还是郊外,现在已经算市中心,楼面价到最后就到了 8 万多。"

"红山楂"度假十年不重样

从最初"妙手偶得之"的宏村,到现在桐城的孔城老街、洞庭湖畔的岳阳古村落张谷英、塔里木胡杨林公园……直到美国田纳西的私人牧场,黄怒波带领中坤在旅游地产上已布局多年,而连结这些布局的"红山楂度假俱乐部"和"红山楂网",则被喻为"地中海俱乐部"的中国版。打造一个国际性、中高端的度假产业网络,并将这部分业务上市放大则是他的目标;此外,他最终持有的 200 万平方米商业地产,则为其提供了稳固的资金保障。

　　有趣的是,在黄怒波的计划中,真正催动"红山楂"启动的,是在北京延庆的"葡萄"——那里 2500 亩的土地上,要建属于中坤的葡萄酒庄,而刨除酒庄设施占地 300 亩,剩下超过 2000 亩的土地都用来种植葡萄。黄怒波说:"'红山楂'要想招募会员进来,得先有产品。比如说,我给你两亩地作为你自己的葡萄园,你种也行,我帮你种也行,酿的酒什么都给你。但是这个过程中你同时享受了五星级酒店和葡萄酒文化。"

　　"之后我又把黄山、新疆加进来了,形成度假的一个网络。我希望'红山楂'的成员能每年一个地方度假,十年不重样。'地中海'是卖别人的产品,我是卖自己的。所以我坚持要做持有,坚持地域性。"黄怒波讲,"我的版图上现在差西藏,但西藏已经谈好了地,以后基本不再布局了。我把这个会员网络制建起来以后,过些年再搞战略联盟或者购地去。但我的观点,不能做得太大,太大管理就有问题"。

　　关于"红山楂"会员的定位,黄怒波则希望是白领阶层,一则精英消费需要私密性;二则他觉得还是大众的钱最好赚。他为"红山楂"设计了几种不同的会员模式,如类似航空业的积分制,类似餐饮业的赠券制,不一而足。

　　中坤为"红山楂"设计的所有旅游产品,几乎全出自于黄怒波自己的创意。在他看来,产业和土地结合,永远是最聪明的做法。而将二者结合起来的,则是每个地域特有的文化。会员可以去新疆体验考古,也可以去黄山禅修,既可以为潮男准备葡萄酒庄去品酒打高尔夫,也可以让宅女去古村落发呆。

"打入冷宫"试人才

　　黄怒波常说:"我总是被骗。"多次被骗的经历让黄怒波在公司管理中养成了一套独特的用人方式:忠诚比能力更加重要。黄怒波因为早期的下属背叛,改掉了不少早期急躁、粗暴的家长作风,练就了如今外松内紧的用人风格。中坤现在的总裁焦青一直是黄怒波坚定的追随者和执行者,而在 2005 年黄怒波宣布将中坤交给现在的管理团队后,这个团队的

管理者几乎都是跟着他做了十几年以上的。

黄怒波喜欢看着部下"从一个小孩儿"成长为能独当一面的管理者，但称自己并未刻意去培养谁，"我就这样天天跟他们斗争，他们也跟我斗争，天天比家人相处的时间还长，人之间，就是感情"。

黄怒波有着自己考验人的方式和用人艺术，能力突出的员工，有时也要"打入冷宫"放一放。2008年至今负责大钟寺项目的总经理池淑涛，不到20岁就来到中坤，做过宾馆管理，在学校干过行政，是中坤长河湾住宅项目的销售冠军。即便如此，黄怒波也是几年都没给她升职，看着她始终如一跟着中坤统一的步调坚持了几年，才将她调去大钟寺中坤广场负责项目。

而经过了他"考验"的员工，得到的则是他的十分信任。大钟寺中坤广场一个负责招商、只能拿佣金的下属因为丈夫失业想离开中坤，他立刻将其月薪翻倍调到7000元，"先把她们家房贷还了"；另一个中层下属，因为要生孩子，黄怒波直接让她"好好在家里"，"工资不减，不够再给，也不要算假期"。"我也就这么点权力，还不让我的员工活得好点？"黄怒波说。

对话企业家

数字商业时代：中坤在2010年商业地产和旅游地产方面都有了非常大的起色，您是否感觉如释重负？中坤下一步要如何动作？

黄怒波：现在感觉很轻松，但这个过程你没有办法不提，很难很难，但是真挺过来了，现在谁都说有眼光。其实哪是有眼光，就是脸皮厚，忍吧，你想开一点，上帝是公平的，你又想挣钱，又想要面子，没门儿。现在下决心，把度假的项目建好。五年内中坤肯定是亚洲，甚至世界最大的古村落度假集团；十年内，中坤要做进世界品牌酒店前列，我现在不停地在建酒店，你让我找谁管酒店？回头再找人才。我现在得先把庙建起来，再找和尚，这是比较保守的做法，不激进。

数字商业时代：中坤一直在坚持持有型产业，现在如此大规模的布局，资金流到底能不能支撑呢？

黄怒波：现在资金流非常好，银行给了大钟寺中坤广场15年的经营性物业贷款。现在谁拿这个钱都算等于白使，人民币通胀率和银行利息对比你算一算就明白了，所以这个项目就算是盖棺定论了。大钟寺中坤广场值几百个亿，也壮大了中坤的实力，下面再做项目，就有可能再拿几十个亿。黄山项目工程也都盖完了，现在可以形成强大的融资能力。景区本身没成本，日常门票收入一年快一个亿，几个亿贷款一年利息1000多万元。

中坤每个项目我都尽快让前期投入到位，投到一定程度就必须形成自己的资金流。你形成强大的物业持有现金流，就等于已经具备了一个再生的能力。比如新疆，当年才多少钱来的，现在怎么评估？银行轻而易举给你几个亿都不当回事。中坤转旅游地产前期是难挺，但现在对我很轻松。像张谷英，中坤轻而易举拿几千万进去，一征完地，银行就跟进了。中坤避开了房地产住宅行业，政府又不会调控旅游，现在变成银行天天上我们这里找项目——这是战略判断出来的。

数字商业时代：中坤旅游地产开发的这些项目，是因地制宜设计出来的，还是因为您感兴趣才要做的？

黄怒波：第一，所有的项目都是我在脑子里形成的东西。你要让我做个纯粹住宅项目我就不做，那不在我的视野；你要让做互联网，对不起我不懂；你要倒煤矿，很便宜给我，我也不要，因为我觉得那是黑心的——这个我有价值判断。我的强项是把文化嫁接到一个产业里，这是我的竞争力，别的我打不过人家，也不想打。第二，产业跟土地结合，这永远是聪明的。土地要加上文化它才值钱，要不就是盖房子卖掉。第三，这个土地的取得，不是说简单地挣钱拿暴利，而是把这个地方的土地价格市场培养出来，跟地方经济一起成长，让老百姓获益，这样谁也不骂你。

数字商业时代：那中坤目前在中国各地做的这些旅游地产项目，获得土地的方式和开发权状况都是什么样的？

黄怒波：全部是规规矩矩"招拍挂"拿的，酒店应该50年，住宅就70年。但有一些项目是与别人联手的，比如说古村落，我们跟村民联建，但是会把分配比例谈固定。这种项目主要是用在宅基地，这个就需要赌一把，赌这个政策会不会改。

　　景区有一天国家都会收走，我早就做好这个准备了。但是中坤到时已经不靠景区赚钱了，靠的是一个度假网络。我绝不想为了拿地而讨好谁，我有我的尊严，我绝不为了钱去卑躬屈膝或者做违法的事。当然我们也有原罪，刚起来的时候不懂，但是长大以后你还是这个样，那是道德的问题。

朱新礼：汇源"愚公"

> 并购是生产力，是一个企业家创造交易机
> 会永远的职责。只有买卖才能创造商品的价
> 值，就像一件作品，只有在交易中才能体现它
> 的价值。所以企业家永远的职责就是要不断创
> 造交易机会。中国改革开放30年来不都是在并
> 购嘛。
>
> ——朱新礼

朱新礼，1952 年出生于山东，现任北京汇源饮料食品公司董事长。1974 年至 1988 年，先后担任山东省沂源东里工业集团总经理、山东永新实业公司总经理。

并购失利，迅速调整

至今，距可口可乐并购汇源案已过两年，朱新礼仍不能忘怀，他说："并购是生产力，是一个企业家创造交易机会永远的职责。只有买卖才能创造商品的价值，就像一件作品，只有在交易中才能体现它的价值。所以企业家永远的职责就是要不断创造交易机会。中国改革开放 30 年来不都是在并购嘛。"

早在 2009 年 3 月 18 日，中国商务部正式宣布，根据中国反垄断法禁止可口可乐收购汇源。而这是反垄断法自 2008 年 8 月 1 日实施以来首个未获通过的案例。在商务部否决并购案的当天，朱新礼迅速做出了调整，他回忆说："那天我也很吃惊，2 点钟（网上）挂出来（消息），我们 4 点钟开

全国电话会议。然后几乎每天一个电话会议,连着开了 90 个(会议),持续半年。"

这种调整让朱新礼劳心劳力了两年,他说:"包括人员、产品、策略、战略、布局调整,做了一系列工作。"汇源力争向外界表明"愈挫愈勇"的态势:2010 年初投资 50 亿元打造果汁果乐,新品频出;拓展上游产业基地,改革下游营销体系,紧紧"啃着"一条从果园到消费者手中的完整产业链。

逆境之中,加足马力

大家"总觉得憋着一股劲,憋着一股气"。汇源果汁集团常务副总裁赵金林说:"这一两年来我们做了很多工作,十几个工厂相继开业。2010 年推出了果汁果乐,光设备就五六十亿。"汇源的人把过去那场未完成的交易似乎更乐于看作是一种逆境,从而激励自身抖擞精神,加足马力。

首先要招兵买马。朱新礼本想借并购之机将下游人才调配到上游,但事与愿违,他只得把上游人才再次抽调到下游。汇源 2009 年招聘上万名员工,集中力量充实一线销售市场。"光退伍军人就招了 5000 个",朱新礼改变了以往的用人观,"非行业内人士我们也用"。

其次,资金是难题。朱新礼曾说:"本来有 25 亿美金拿来让你用,但是一下子这个钱没了,上游资金也面临着大笔的投入,下游也要发展。所以这两年资金对我来讲,还是有一些压力的。"但这些资金压力在朱新礼看来,并不是经营陷入困境,而是一种短暂的匹配能力不足。他说:"你本来要投 50 亿,但是你有可能只能投 30 亿,是这种压力。"

二次创业

59 岁的朱新礼,开始了他的"二次创业"。朱新礼说:"可乐并购案以后,将近两年,可能是我 17 年创业史上最辛苦的两年。劳心劳力,太辛苦了。"

朱新礼力劝达能退出,而选择与赛富基金"闪婚"。因为"它要完全成为一个财务投资的话,就失去了(投资)的意义"。所以,这给赛富创造了一个机会。

赛富和汇源的一见钟情其实源于朱新礼心中一直没有放弃的"大农业"构想。早在2008年,赛富就已经将现代农业作为一个重要的投资方向,而朱新礼则致力于将有机农业经过三五年的投入升级为"第二个汇源",其意义和作用不亚于现在的汇源果汁。

经过并购一役,朱新礼实现梦想的决心反而更加坚定。他找来了20年的老朋友,担任其成立不久的旗下北京汇源康民有机农业有限公司的负责人。朱新礼又多了一个身份:汇源和中国农业大学发起成立了中国有机农业产业联盟,而朱新礼任常务副会长。

如今,除了新疆阿尔泰10万亩的野生沙棘基地、北京密云1500亩的有机蔬菜基地和北京顺义15000亩"有机区域",汇源还在山东德州与当地政府合作建成了1万亩的示范基地,三年以内扩大到20万亩。朱新礼说:"未来汇源的农产品要有自己的销售系统,搞连锁店,像果汁销售一样,在全国各地搞汇源有机产品专卖店。"

"连环创业家"通常被用来赞誉某位商业奇才敢于破釜的勇气和非凡的创造力,他们不仅拥有丰富的经验,更有令人羡慕尚能归零的年纪,比如史玉柱和季琦。但并不是每一位二次创业的企业家如此幸运地生逢其时,他们往往被商业之外的诸多因素打破了"退休计划",被迫"重整河山",比如朱新礼。后者恰似"当代愚公",看上去有些不合时宜,却能变中求生,继续脚踏实地追梦,这种不计得失的坚持和奋起值得每个人向他致敬。

对话企业家

数字商业时代:你是从何时开始规划大农业蓝图的?你觉得大农业对于汇源,对于中国果汁饮品行业有着怎样的意义?

朱新礼:中国的水果资源最丰富,品种最多,产量最高,但果农的收入还是偏低。走进超市我们就会发现,国产的水果价格很低。这里面有品种、产量、加工、销售诸多原因。近20年来,汇源一直致力于打造一条水果产业链,已经建了几十个工厂,但是这还远远不够。2008年,汇源拟向可口可乐出售汇源果汁,引进和带动几十亿美元的资金投入到上游水果

的产业链，推动传统农业的工业化、规模化、集约化和科技化，让"好水果中国产"成为全世界的共识，让中国成为水果和原浆最大、最好的输出国，从根本上解决中国水果产业发展和中国果农致富的问题。这就是我的大中国、大农业、大有作为的梦想，或者叫大农业规划。但是，并购案被否，完全打乱了我的规划和战略布局，我们不得不调整战略，重新兼顾上下游。

数字商业时代：当初为什么弃政从商，选择创业？汇源今天是否已经达到了当初创业的期待？你对汇源还有哪些新的期冀？

朱新礼：1992年，山东《大众日报》刊登了一幅图片：一位沂蒙山的果农面对着一车卖不掉的苹果，狠狠地咬了一口。图片下面配有一句说明："卖不出去，我就吃掉它。"这张照片当时深深地刺痛了我，为中国的水果寻找出路，为果农朋友办点实事，这成为了促使我创业的重要原因之一。

当初创业的时候，我在汇源工厂的影壁上写了四个大字："走向世界。"现在的汇源，在资本结构、品牌影响力、产品销售上初步走向了世界，但还没有全面达到当初的期待。我对汇源的新的期冀是，占据全球市场份额的第一位。汇源果汁已经占据了中国市场份额的第一位，但距离全球市场份额第一位的目标，差距还有十万八千里。

数字商业时代：你觉得目前中国的果汁饮品在世界上处于什么样的地位？汇源将会如何提高自身竞争力，在国际市场上获得成功？

朱新礼：中国是发展中的大国，中国的果汁饮品产业正处于发展的初级阶段。由于中国是全球人口第一大国、水果资源第一大国，也是果汁饮品消费潜力最大、前景最广阔的大国，因此中国也是果汁饮品市场竞争最激烈的国家，是世界饮品市场竞争的主战场。提升汇源的国际竞争力，前提是确保产品的优质安全，在这个前提下，第一是强化果汁产业链；第二是适应消费需求，创新产品，创新营销；第三是打造价格优势。未来果汁产业的市场竞争，将会更多地体现于产业规模和产品价格。

数字商业时代：为什么要读商学院，主要是为了学习管理吗？是否会奖励优秀管理者，送他们读商学院？

朱新礼：我的两大爱好就是学习和工作。读长江商学院，可以说满足了我的这两大爱好,既能够提升自己的管理素质,也能够充分感受学习的乐趣。

汇源一直以来就有激励员工和管理者的措施,也会针对不同级别的员工展开培训,帮助他们实现职业梦想。

数字商业时代:你最喜欢的一本书是什么?

朱新礼:我非常喜欢读书,有很多书都非常喜欢,2010年的时候,我读了一本书叫做《犹太式管理》,推荐给大家,很适合创业的人看。

数字商业时代:你现在考虑汇源未来的传承吗?你会选择职业经理人还是家族传承?

朱新礼:我觉得企业小的时候是你的,做大了以后就要看作和当作是社会的。我个人的性格虽有一些"家长"的作风,但不能也绝不会是家族式的管理。一个企业和一个家庭一样,只不过是大家和小家的关系,家长就是承担责任的那个人。至于说用什么方式和形式达到基业常青和持续发展,一定要与时俱进,因地制宜,择情而定,不需要死板的模式或框子。但我的责任就是用我的智慧和努力去保证这个企业有利于发展,有利于国家和人民,特别是也有利于我的数万名同事。

梁信军：我是廉价的高智商民工

> 我觉得人还是有责任感的。这么大的资源在你手里，你是不是真的能有放松的心态，按照内心快乐去指引自己？这是不可能的。如果你是这样的人，恐怕很多投资者不会把钱放在你身上，他总是希望你跟同行维持同样的劳动强度，希望你每天不是只在喝红酒，希望看到你在干活。
>
> ——梁信军

梁信军，1968 年 10 月出生于浙江台州。1992 年毕业于复旦大学后，与郭广昌及其他三个伙伴共同创办了复星集团。现任上海复星高科技（集团）有限公司副董事长兼副总经理，上海英富信息发展有限公司董事长，上海市普陀区人大常务委员，上海市科技企业联合会副秘书长。

复星到底是谁？

复星脱胎于复旦校园，起家于市场调查，发达于上海滩，展宏图于海内外，有稳定产业基础却在资本市场精耕细作的公司，也被外界认为是"四不像"民企。

以投资多元著称的"复星系"是目前拥有上市公司数量最多的民营企业，它从 3.8 万元创业到管理千亿资产，看上去更像一个胃口不错的"八爪鱼"——地产、医药、矿业、零售、金融、媒体等产业通吃。复星通过"触手"众多的公司找到了一个核心专业——资本投资。

但复星的存在到底如何改变了这个世界，这也是复星人一直在思考的问题。复星集团CEO梁信军说："现在媒体都在从不同角度倡导商业生态文明，有的讲信用，有的讲社会责任，有的讲品牌，复星也在探索。比如拿个人来说，现在时髦'压力山大'，压力跟山一样大，必须要考虑创造更健康、更宜居的生活环境，企业也必须要有健康的商业生态环境。我们做民企馆，拉了很多行业的龙头企业共同参与，就是希望大家一起来建设一个健康、和谐的商业生态，让中国民营企业的生存环境、商业生态更好。"

在日渐明朗的蓝图中，尽管复星被称为中国最大的综合类民营企业，但如今，它似乎想起自己曾经忽视的一张重要"底牌"——品牌价值。

非著名经济学人的预言

辞职"下海"时，梁信军没想太多。他说："一开始我想赚一百万就够了，后来发现通货膨胀速度太快了，所以想赚一亿，但一亿也不够，买套房子就没了，所以通货膨胀的好处就是让你保持积极乐观的心态。"

在梁信军看来，中国经济很快要出现三个拐点，即中国从一个全球制造大国转变为全球消费大国和资本大国，同时"人民币第一次处于一个比较为难的境地，中长期的内贬外升"。复星试图打通消费和资本两条通道，紧扣外向型经济，关注新贵人群，在中国布局与之相关的"种子"。复星首次明确提出要做"投资公司"——"全球领先的专注于中国成长的投资控股集团"。

梁信军说："我们在2007年就敏锐地感觉到，中国整个产业的动力向消费转型。复星整体上市后，我们就提出资源要向消费类倾斜。现在复星已经开始嫁接，在中国专业能力与国际视野上，稍微比别人超前一点。"

与地中海俱乐部(Club Med)合作就是复星所倡导的成为"中国专家＋全球能力"的试验品。他说："我们探讨了一个企业如何跟行业领先的欧美企业合作的模式。"2009年6月复星参股地中海俱乐部7.1％股份，并约定在短期内将持股比例提升至与其前两大股东相同的10％，成为其最大的战略投资者之一。"10％"的比例在梁信军看来大有深意，"境外资金规模比较小，风险也较小，不存在跨文化管理问题，不会让人家以为这个公司由'白'变'黄'。但是在中国，我们可以有更多的话语权，成为协助它未来几年在中国境内实现高速增长的一个负责任的股东，大家共享中国

成长利益。这样的方式我们还会一而再,再而三地复制。"

理科生的敏感

也许源于十几年理科生的基本功,梁信军对数字十分敏感,记忆准确。他小时候曾梦想过当物理学家,到复旦读书受父母影响选择了遗传工程学。多年来的学科训练让这位企业家总保持着清醒的头脑和缜密的思维,习惯用数字表达观点。"复星过去 6 年归属于股东的净资产复合增长率,年均 75% 左右。为什么我不说市值呢?市值说不清,净资产总是真的。"

他更善于赚"快钱"。他说:"想买的时候就要想到卖,这其实也是资产配置的一种平衡,把低效、低潜力的或者已获利的资产出售,再投资一些高增值潜力的公司。"

即使严守安全性指标,梁信军也常常因为数字陷入低谷。他说:"我们其实经常低潮。比如 2010 年你在享受投资快感的时候,钢铁行业不是很折磨你吗?2009 年是矿业和房地产行业折磨人,包括前些年医药行业,政府主导降价,行业压力也很大。"不过梁信军自有一套理论,他说:"很多人动员我,为什么现在不卖钢铁?我觉得这个逻辑是错的。真的要卖一个资产,也应该是行业好的时候卖。行业不景气,你应做的事情就是提升管理运营效率,让它活得比别人时间长,别人活六个月,你活三年,行业总会恢复正常的,那时你就赚回来了。"

这种简单的反周期投资规律尽管人人知晓,但做起来却需要超乎常人的眼光和勇气。

我是廉价的高智商民工

梁信军自己的时间不能做主,他曾坦言自己的生活现状并不幸福。他说:"什么是幸福呢?你有想干什么的自由,还有想不干就不干的自由,那叫幸福。现在我还没有想不干就不干的自由。"他自嘲是一个廉价的高智商民工,他说:"过去大家说蓝领工人便宜,其实中国高价值劳动力也是很便宜的,高智商的劳动力包括科研、创作人员,也包含企业家,真的很便宜。他们没日没夜,如果算小时工资制的话,跟民工也差不多。"

中国企业家强烈的责任感不仅是天性和文化背景使然，更多源于创始人自身的激励和传承。梁信军在欧洲看到的企业家平均比中国企业家年老15～20岁；中国企业家很多人本身就是股东、创业者，而欧洲企业家往往是第二代、第三代的职业经理人。梁信军始终无法放弃自我的使命感，他说："我觉得人还是有责任感的。这么大的资源在你手里，你是不是真的能有放松的心态，按照内心快乐去指引自己？这是不可能的。如果你是这样的人，恐怕很多投资者不会把钱放在你身上，他总是希望你跟同行维持同样的劳动强度，希望你每天不是只在喝红酒，希望看到你在干活。"

《围城》是梁信军喜欢看的一本书，作为企业家，他的围城心态常常挥之不去。尽管他本人认为当企业家是个"苦差事"，但还是希望员工成为具有"企业家精神"的人。

资本"魔方"：进退有度

在19年的发展线路图中，复星追求的是"投资上的彻底多元化和经营上的彻底专业化"。复星发展的历程就是紧跟国家政策，追随政府管制开放的历程。

创始人之一的复星CEO梁信军曾说："我们的步伐一直紧跟着国家的开放政策，国家开放啥我们做啥，钢铁、医药、零售业都是如此。"他告诫投资者不要走在政策前面，否则风险大。

复星正在迎来投资的新商业时代，它秉承一贯的眼光和节奏，多年来在资本运作上似乎要风得风，要雨得雨。实际上也有不少失败，只是失败的规模都很小，但成功的规模却很大，梁信军说："在大的成功面前，外界都习惯于把小的失败淡化。""今年你在享受投资快感的时候，钢铁业不是很折磨你吗？2003年起我们投了很多钱去做医药研发，但这些钱最终并没有马上转化为利润，你又得继续投资，不能半途而废。销售、出口那时候也有问题，压力很大。我们经常处于这种明知在做对的事，但又不知道何时才能兑现成果的状况。"

面对任何一种变化，复星都会适时、机敏地调整方向，比如今天他们将目光投向世界，步子却深耕在中国。

王文京：创建幸福企业

> 幸福不幸福，不是依靠钱多钱少的标准来评判的。我的幸福不是来自于自己的成就和财富，而是为全体用友人创造了一个未来，为客户创造价值。用友的员工流动率在行业内是最低的，多年来保持在个位数。可以说，我的幸福和员工的幸福是一致的。
>
> ——王文京

　　王文京，于 1964 年 12 月 15 日出生于江西省上饶县，毕业于江西财经大学，现任用友软件股份有限公司董事长兼总裁，全国工商联副主席、中国软件行业协会副理事长。第九届、第十届和第十一届全国人大代表。2001 年中国股市新神话的缔造者，以 50 亿元的身价成为"中国软件首富"。其用友软件（代码 600588）于 2001 年在上海市证券交易所成功上市。

推广"ERP 普及化"

　　何为 ERP？它是针对物资资源管理（物流）、人力资源管理（人流）、财务资源管理（财流）、信息资源管理（信息流）集成一体化的企业管理软件。2008 年 1 月，位于北京北部上地信息产业基地的用友软件看起来十分安静，但实际上，从总裁王文京到各位副总裁以及诸多的产品经理，用友的所有人都正在为"ERP 普及化"而忙得热火朝天。而早在 2004 年 11 月 18 日，用友在北京发布 ERP-U8 企业应用套件时，打出了"开启中国 ERP 普及时代"的口号。而就在这一天，在从兰州到嘉峪关的火车上，王文京仔细梳理了关于"ERP普及化"的理论,一气呵成写下一篇文章:《投身中国ERP普及事业》。

王文京接任用友公司的总裁之后,他花了很多时间到客户那里,跟客户沟通好,他觉得这个很重要。王文京认为,作为总裁,应把更多的时间用在客户和员工身上,他曾说:"我觉得作为总裁要花更多的时间在客户和员工的身上,经常跟客户和在一线的员工做交流,这也是我做公司总裁之后希望加强的方面。经过了16年的时间,我并没有停止对公司经营管理上的思考,实际上,像公司的产品方面我一直在参与,并没有脱离公司的业务。这些年我每年都会去国外跟相关的人员和机构进行很多的交流,所以,在国际化的视野上,我想也比早年做财务软件时,做总经理时要有所进步、有所提高。"

创建幸福企业

用友公司在其新三年战略规划暨业务策略发布会上,首次提出了新的企业经营愿景——创建"幸福企业"。王文京说,幸福企业应该有三个方面最基本的标准:第一是传统的标准,就是高效率、高效益;第二个是创新,包括管理创新、商业模式创新,还有产品和技术的创新;第三是企业在新的阶段发展所具有的新的发展价值观,也就是绿色,包括环保、低碳,也包括企业内部的和谐,怎么构建一个和谐企业。

幸福是一种情感表达,一般都是用在人,人才会追求幸福,但是把它用在一个企业身上很少。实际上,企业幸福与否,已成为企业能否持续发展的核心因素。王文京说,将企业拟人化,"幸福企业"就是形容"一个企业的愿望与现实之间的高度匹配"。

事实上,这一表述中最关键的概念就是"企业的愿望",而企业的基本愿望是"盈利",即通过商业活动获取利润,但"盈利"的必要条件随着商业环境的演变也在不断变化。

用友能否走向世界

近两年来,尤其以用友为代表的中国管理软件企业正在全面向管理软件巨头甲骨文、SAP发起冲击。据用友透露,在高端的大型企业市场,国产软件已经实现了对国外供应商的全面超越。

在王文京看来,中国管理软件行业正在获得历史性机遇。一方面,企业及政府客户市场需求强劲。另一方面,2008年全球性经济危机爆发,让中国企业意识到旧有的业务模式难以维系长期持续性发展,唯有实现转型升级才能实现业务长期稳定的发展。

另据一些相关财报显示,管理软件巨头甲骨文的年营业额超过250亿美元,ERP领域的老大SAP的年营业额超过160亿美元,远超国内管理软件用友不到30亿人民币的年营业额。

王文京指出,对中国本土软件企业而言,要实现跨越式的发展,商业模式变革势在必行。

对话企业家

数字商业时代:用友公司提出"幸福企业"这一概念,是基于什么考虑?

王文京:有一个阶段,不仅中国的企业界在关注南方企业发生的事情,全球的企业也都在关注这个问题。怎么在企业高效、创新发展的同时,让企业具备绿色、和谐,以及企业对社会责任的承担,是我们企业家必须思考的问题。在过去传统的企业理念或者价值理念上,大家比较注重高效,但是今天,创新与和谐越来越重要了。

"幸福企业"很早就已经开始酝酿了。这是基于整个市场和商业环境的变化,尤其是中央政府提出了要改变经济增长方式和调整产业结构,作为企业来说,应该随之进行产业升级和自主创新。但企业本身是一个商业机构,首先还是强调发展和高效,这就是说我们不仅要有产品服务上的创新,还要有商业模式上的创新。

数字商业时代:幸福是一个感性的词,而企业必须是理性的,把感性的词和理性的企业结合起来,感觉挺独特的。

王文京:以人为本,是新商业环境对企业提出的新要求。我们提"幸福企业"概念,既是为客户,也是为自己。要发展,就要有商业上的创新,也要有管理上的创新。我们每年有 80%～90% 的新招聘员工是应届大学生，这是我们社会责任的一种体现。我认为企业的幸福、员工的幸福、客户的幸福，都是由人的感情来构成的。

数字商业时代："幸福企业"概念的落地，必然使员工感到幸福，用友公司的员工感到幸福吗？

王文京："幸福企业"现在已经融入到用友的三个核心价值观里面：梦想、客户信赖的长期合作伙伴和专业化生存。我们在内部没有对员工进行过刻意培训，员工自发提出了一个"幸福人生、幸福企业、幸福员工"的口号，这就说明当企业发展和员工发展相一致的时候，大家在价值观上的认识也一致。

数字商业时代："幸福企业"这一概念的提出，在商业价值上有什么体现？

王文京：这个概念在市场上得到了广泛的认同，增强了用友公司在社会上的影响力，当然也获得了商业上的收益。比如政府、媒体的认同，与客户有了共同的价值观，帮助我们更顺利地开展业务。"幸福企业"理念的提出，对我们的业务增长是一个积极推动因素。

数字商业时代：有人说，你作为用友公司的创始人，又是大股东，在很多方面看来是很幸福的。但是你自己幸福，并不能代表用友幸福、团队幸福。你提出"幸福企业"是不是为员工着想了呢？

王文京：幸福不幸福，不是依靠钱多钱少的标准来评判的。我的幸福不是来自于自己的成就和财富，而是为全体用友人创造了一个未来，为客户创造价值。用友的员工流动率在行业内是最低的，多年来保持在个位数。可以说，我的幸福和员工的幸福是一致的。

李如成："组合拳"掌门人

> 我不能和 GE 相比，因为没有做到它那么大。
>
> ——李如成

李如成，1951 年出生，现任雅戈尔集团股份有限公司董事长、雅戈尔集团总裁。

雅戈尔帝国

提起雅戈尔，在中国可以说是家喻户晓。雅戈尔不仅是一个单纯的品牌、一个地域性的企业，它是中国企业走向世界的一个经典。李如成，这位雅戈尔的创造者是当代中国成功企业家代表之一。李如成打造的是一个庞大的雅戈尔帝国。他说："我不能和 GE 相比，因为没有做到它那么大。"李如成很谦逊，但他的经营目标是：要做世界最大的服装品牌。

多年来，李如成一直坚持多元化的发展战略。鄞州这块隶属于浙江省宁波市的狭小地带已经被他"雅戈尔化"了。在这个过程中，房地产、金融同样成为构建雅戈尔帝国的核心力量。

2009 年，是雅戈尔成立 30 周年，李如成对雅戈尔过去的 30 年进行了总结：雅戈尔 30 年已经做了人家 100 年的事情了。而很大程度，取得这样的成就与雅戈尔推进多元化发展有很大关系。横跨服装、地产、投资 3 大领域后，李如成所构建的雅戈尔帝国正在崛起。

讨巧的"组合拳"

把鸡蛋放在多个篮子里,李如成用"服装＋地产＋投资"讨巧的"组合拳"牢牢地掌握住了市场的主动权。多年来,李如成以精妙的"组合拳"创造了很多商业奇迹。如今,雅戈尔是宁波最大的服装生产商,也是宁波最大的房地产商,还是宁波银行最大的股东。

房地产是李如成这套"组合拳"里最具巧力的一招。以服装起家的雅戈尔,早在 1992 年就成立了宁波雅戈尔置业,并配合国家福利分房政策进行房产开发。至 1998 年后,雅戈尔置业凭借在宁波的各种优势,开始在房地产行业大举扩张。

2007 年,一向低调的李如成突然以"怀揣 100 亿找地"的豪迈气势,在杭州、宁波等地疯狂拿地,连续拿下多个"地王"桂冠。雅戈尔的气势远远盖过了绿城和万科。按照业界的说法,雅戈尔之于宁波,远比绿城之于杭州的地位和影响力高。

据雅戈尔 2009 年的财报显示,在雅戈尔三大主业中,房地产营业利润率最高,达到 45％。李如成坦承说:"雅戈尔服装做 30 年也不会赚到这么多的利润。"但外界却对李如成进军房地产存有质疑,对他也褒贬不一。李如成则说:"批评我们的人并没有看到雅戈尔在服装主业上做出的努力,尽管房地产是雅戈尔利润的主要来源,但是它永远不能替代服装在雅戈尔的地位。地球人都知道雅戈尔就是服装品牌。"

通过房地产和资本市场的盈利,李如成一直在用"草船借箭"的方式来反哺服装产业。2009 年,尽管服装业仅为上市公司贡献了 4.5 亿元左右的利润,但却创造了 69 亿元的现金流,以及有待被挖掘的巨大品牌价值。因此,李如成的"重拳"就是雅戈尔的服装产业。李如成说:"现在雅戈尔纺织服装有接近 5 万名员工,绝对是雅戈尔的主业,主业不能以利润多少来讲。雅戈尔的目标非常清楚,我们要创百年企业,百年企业的主业永远是服装。"

3 亿砸向"汉麻世家"

"汉麻世家"是雅戈尔的新产品。"汉麻世家"是一个生活馆,馆里有床上用品、家居休闲的服装、日用品等,这些产品所用材料均是从大麻中提取的麻纤维,有除菌、透气、防紫外线的功能。这是李如成用 3 亿元为雅戈尔服装开辟的新产业。

早在 2004 年的一天,李如成邂逅了解放军总后勤部军需装备研究所汉麻研究中心主任张建春。当时张建春等科研人员已经完成了改良育种,培育出"汉麻"这个新品种,这立即引起了李如成的强烈兴趣,双方一拍即合。李如成说:"雅戈尔要走服装的高端品牌必须要拿出高品质的产品,过去 10 多年来,我们在科研方面投入了很大精力,就是希望找到一种更好的材料来制衣。"

从某种意义上讲,"汉麻世家"的诞生不仅代表雅戈尔质的飞跃,也体现了李如成灵活经营的智慧。也许,李如成在认定汉麻作为服装材料的那一刻,还没有想过它能帮自己度过一次危机。2008 年金融危机发生后,李如成在雅戈尔网站上的董事长寄语里有一句发问:"过去的一年,雅戈尔三大产业均受正面冲击,外贸出口,困难重重;金融投资,大幅缩水;房地产业,寒风凛冽。雅戈尔怎么了?"一场金融危机之后,李如成希望警醒每一个雅戈尔人,要有一种危机感,在面对危机时更要携手共渡难关。

直到"汉麻"产品的面市,李如成打了一场漂亮的翻身仗。李如成说:"汉麻是拥有完全中国自主产权的新型天然纤维,这对于突破高端面料市场是个进步,汉麻产品的出现将引导人们开始迈向一种新的生活方向。"

一方面是人们生活标准的提高,注重对健康和享受的追求;另一方面服装产业经历了一场史无前例的原材料紧张。这时汉麻的作用尤其明显,也让李如成的心血没有白费。

冯仑：生存就是煎熬

> 我们现在对公司的要求，就是我自己最近常说的"吃软饭、挣硬钱"，就是用创意、创新、诚信、品牌和人才，去跟市场竞争，要有前瞻性。然后，要保持战略领先，这样才能跑赢市场，这是在有市场的前提下；没市场，我们就得学会"跑赢政府"，所谓跑赢政府，就是说不要在调控中牺牲掉；再有一个就是跑赢竞争对手，这就是我们现在的状态。
>
> ——冯仑

冯仑，1959年出生于陕西西安，1993年领导创立了万通公司。

被喻为"地产界的哲学家"的冯仑称自己在万通做的事：第一是看别人看不见的地方；第二是算别人算不清的账；第三是做别人做不到的事。所以和其他一些公司管理者不同，他周游世界、博览群书、广交智者，是为了更深刻更广博地理解历史，看清当下，并为万通找到一条更为稳健的未来之路。

自1991年开始，冯仑领导并参与了万通集团的全程创建及发展，之后参与创建了中国民生银行并出任该行的创业董事，策划并领导了对陕西省证券公司、武汉国际信托投资公司、东北一间上市公司的收购重组，使万通集团在几年内总资产增长逾30亿元人民币。

办好三件事

《野蛮生长》一书是冯仑自己20年生意江湖与48年的人生思考所熬出的浓汤。2008年,地产界的寒冬对万通地产董事长冯仑而言,却是他人生英雄传说的第二乐章,他办好了三件事。

其一是撰写了《野蛮生长》。据说,看过这本书的一些人在过瘾之余相互打听,哥们儿,看过这本书的未删节版吗?那架势,很有点像当初看了"洁版"《色戒》之后的打听"色版"的同志们。即便是洗过澡的《野蛮生长》2008年依然销售30万册,在国内财经新书中首屈一指。因此在中国商界引起了一阵野蛮旋风,在豆瓣上,关于此书的书评共有674篇,好评率达到4星半,而其他渠道的各种评论更是不计其数。其中,有一篇极具代表性,这是一位准备从海外归来的经济学者所写:"当得知我想回国发展时,我的朋友周其仁和张维迎都告诉我说,如果你想回国发展,一定要了解国情,那你一定要看看冯仑的《野蛮生长》这本书……"

其二是找对一条路,这条路叫"绿色公司"。冯仑对绿色公司的定义是:"绿色公司是一种价值观、一种行为方式,公司在产品上的标准。所谓价值观,是进入高度发达的市场经济以后,越来越需要面对我们和自然的关系,所以对人的行为有所约束,对环境发展有所照顾,并且要照顾到其他人的感受,这是一种价值观。另外也是一种行为方式,公司内部根据这样的价值观来倡导、培训、改变、养成新的行为方式,比如怎么样节能用电、怎么样用纸、怎么样开会等等,这是一系列行为。最后,我们要用在产品标准当中,我们更多按照建设部、包括国际上绿色建筑的标准,使我们在材料选择、能耗以及排放方面,尽可能地减少对地球自然环境的破坏,这些综合起来,是我们要达成的绿色公司的目标。"

从2008年开始冯仑带领的万通地产全面推行绿色公司战略,绿色产品是其中的基础,而其精华则在于绿色价值观以及根植与此的绿色行为方式,是中国罕有的把企业经营发展的商业利益和责任追求统一到一个模式中的企业,这是一个美妙的开端。

其三则是证明一个理,这个理叫做"战略领先不是空话,企业要做均好发展和有价值增长"。2008年很多地产公司的日子不好过，但万通地产却逆流而上，在低负债同时，手握充裕现金，布下加速战略发展的好棋，快速启动商用业务万通中心的拓展计划。老冯几年来一直讲战略领先，并且秉承一个"学好"的价值观，冯仑认真地说："也就是'好人、好事、好钱'，'学先进、傍大款、走正道'，我们会努力。"有人觉得万通地产还不够大，发展还不够快。冯仑却说，不要大，要强，大是自然结果。2008年的地产行业困境证明万通价值经营的高明。

活着，就是胜利

冯仑被誉为地产界的思想家。万通，一个并不令人惊叹的地产企业，至少在过去十年中。冯仑和万通的差异可能在不久的某一天将会被弥合。冯仑自称万通一直在为今天准备着。他对多年来万通看似不温不火的企业运营的具体表述是"低风险、中速度、高回报"，对时局的判断是"政策像钟摆一样摆了很多次，但这次应该是最后一次"，对企业发展的领悟则是"熬着生、火化死"。

在许多企业仍然坚信房地产政策永远都会"紧紧松松"，好日子会再次来临之时，也许冯仑过度紧张了，也许万通过去十年来可以把更多精力投入于高速度和成倍扩张。不知道一个经常在为"生"和"死"准备着的企业是否是太过悲观，而无法成为一个伟大的公司。但仅就未来和结果而言，这都不重要，重要的是谁能活下去。正如冯仑所说："活着，就是胜利！"

对话企业家

数字商业时代：很多开发商对目前（2010年）的时局表情很复杂，甚至很愤怒。

冯仑：没有必要太激动。这一天迟早会到来。

在过去，我们政策选择的方向一直是在两个点上摇摆：一个点是把住宅定位成一个具有消费和投资双层功能的一个特殊商品，之所以定位在这部分，实际上是要把它作为经济增长的一个引擎和经济支柱产业；另一

方面,确实住房具有另一个极端的特性,它是一个我们生活基本的需求,也具有一些保障和民生的特质。如果是这样一方面,那么就应该是另外一套政策。

所以,政府这五六年就在这两边选,经济不好的时候就强调经济增长,经济开始好了,房价一高,就回到民生这个特性上这样的来回摇摆,与经济周期的发展有关。

因为早就看到这样一种规律,所以我就在等,因为我们国家从来的政策制定和政策效应发挥作用的方式就是钟摆效应,不把一件事做到极端停不下来的。接下来,才会有新的游戏开始。这就是为什么万通的运营策略叫"低风险、中速度、高回报"。我们对这样一个逻辑认识没有动摇过。

数字商业时代:那么政策会不会再次摇摆?

冯仑:不大容易,政府会考虑政策的权威性。我觉得这一轮下来,基本上会有一个很大的调整,解决深层次矛盾的条件就具备了。所以大概调控的时间要维持到明年。明年这个时候,大概会出来一些新的游戏规则,可能会更清楚。

数字商业时代:现在开发商最关心的是什么?

冯仑:在当前这种政策下,企业在住宅这个领域的风险是非常大的。但是,企业也只有两种选择,因为你不能不跟着政策走,没有什么办法。预防问题的办法就是低风险、中速度、高回报。

所以我们现在对公司的要求,就是我自己最近常说的"吃软饭、挣硬钱",就是用创意、创新、诚信、品牌和人才,去跟市场竞争,要有前瞻性。然后,要保持战略领先,这样才能跑赢市场,这是在有市场的前提下;没市场,我们就得学会"跑赢政府",所谓跑赢政府,就是说不要在调控中牺牲掉;再有一个就是跑赢竞争对手,这就是我们现在的状态。

数字商业时代:你的态度似乎准备很充分?

冯仑:我们要以一个积极的状态来面对目前的局面。第一,理解政府的一些政策出台的背景;第二,也理解转型中的社会本身就是一个矛盾,有很多不确定因素。所有人都处于不开心状态,所以我们只能把自己的企业做得有点弹性。比如你负债这么高,买了这么一大堆地,你这一下就绷得太紧。

数字商业时代:怎么理解您所说的创意、创新?

冯仑:我们还是延续美国模式,讲的是商业模式的变革和创新,然后在流程上、产品上的创新。公司董事会在年初专门提出了要将每年营业额的5%作为研发经费,虽然我们这个研发经费似乎不如别的企业多,但是我们做的是软研究,我们不做硬研究。另外,我们在一季度也发布了新产品。

这些都是逐步的,把公司提升成为一个科技研发驱动型的、创意驱动型的和战略领先型的企业,而不是一个靠成本推动型的企业。

数字商业时代:那么万通地产的表现如何?

冯仑:去年(2009年)我们最大的进步,就是在房地产的运营方面取得了很好的成绩。你看报表,我们规模增加了。在运营方面,在整个写字楼市场里面,我们的出租率、租金、租期、租客都是最好的。用8个月时间,达到90%的出租率。我们的服务公寓在北京,在租金和租期、出租率上都是最好的。因为去年一年有了这几个"最好",就可以为下一个阶段的营运奠定基础。我们学习美国模式,前提不是在开发能力,而是在运营能力上,而我们传统的模式是讲求开发能力。

实际上,这是大家没有注意到的万通最大的一个进步。在去年(2009年)北京整个CBD出租率办公楼的空置率提高、租金下降的情况下,我们能够把运营做到最好。另外,万通最大的进步就是把战略变成了两个层次:一个是控股公司,即万通实业,万通实业现在13亿的股本,在北京按人民币注册的地产公司中资产规模是最大的,负债率还不到20%。除了大家看到的开发公司这一部分以外,我们还有工业地产、资产管理、基金管理,这些业务在去年都有很好的成长。我们去年做的最大的工作,实际上就是增加了我们软的竞争力,而不是急于去扩大规模。

数字商业时代:你认为房地产企业应该如何转型?

冯仑:"吃软饭"回报最高,比如说新加坡有一个环球影城,这个项目规模一共13亿美金,美国环球影城就拿走了6亿美金知识产权费。这就

是软的,这就是"吃软饭",回报是最高的。凯德置地在全球资本市场回报率很好,重要的原因是因为它有三分之二业务是管理别人的资产,三分之一是自有资产。管理别人的资产带来的是 14 亿美元的收入,实质上都是"吃软饭"的收入。所以你只要坚持"吃软饭",你的回报率一定是高的。

地产商应该摆脱野蛮生长,逐步进入到一个科学发展阶段,我们地产商也要科学发展,然后才能够逐步地变成具有创造价值能力的地产商。所谓创造价值能力,就是你的创意和服务品质,这主要是创造价值的能力,研发、绿色、节能、环保,这都是有科技含量的。地产商会逐步往这方面去转型,而摆脱只靠土地、靠关系、靠一个波段或临时的一个运气去赚钱。

数字商业时代:转型有多难?

冯仑:转型的这个过程很难,难到什么程度呢?李嘉诚完成这个转型花了 15 年。我觉得万通需要花 10 年做这个事情,现在才两年多(至 2010年),所以现在我们一点都不着急。这个转型的过程一定要放慢速度,就相当于汽车拐弯,你必须要放慢速度,你不放慢速度就会翻车。所以,我们要忍受适度的增长,而不能疯狂地增长。我们不去跟市场做很大的赌博,规模一定要控制住,否则会很麻烦。

第四章　创业难，守业更难

柳传志：一个不小的考验

> 他们问我失败怎么样，成功怎么样，我真的没有考虑失败会带给我多大的问题，我不可能在失败的时候退下来。一定是走到胜利的轨道以后我才下来。
>
> ——柳传志

柳传志，1944年4月29日出生，祖籍江苏镇江。1966年毕业于西安军事电讯工程学院（西安电子科技大学前身），高级工程师。现任联想控股有限公司董事长兼总裁，联想集团董事局主席；同时担任中国民间商会副会长，是中共十六大、十七大代表，九届、十届、十一届全国人大代表。

一个不小的考验

1984年怀揣20万元人民币，从一个简陋的办公房起步，四分之一世纪的时间过去，今天的柳传志早已经是中国商业的一个传奇，一个符号，无可置疑的教父级企业家。2008年，联想全球业绩巨亏，这使得柳传志重新"出山"担任联想集团董事长职务，再战江湖。

柳传志一手打造了联想这个中国优秀的企业代表，联想的企业文化、管理、市场营销、接班人战略等许多方面，都可写入教科书的经典内容。

2005年底，联想终于出手IBM的PC业务，举国关注。一向雍容大度、颇有大将风度的柳传志，现身中央电视台《对话》节目之时，却表现出了少有的谨慎,甚至是"警惕"。对于每一个嘉宾的提问,他都少有认真的记录,认真的回答,眼神似乎在向对方寻找答案,在问"你满意吗?"。

当初,肩上卸下联想集团董事长的重任,而以联想控股总裁身份做些投资业务,对柳传志来说应当是轻车熟路,但另一方面,我们也清楚地知道,只要是在战场上,常胜将军同样有失败的风险,而重任联想集团董事长一职,对于职业生涯已经功成名就的柳传志来说,不能不说是一个不小的考验。

重出江湖

9000多万美元的季度亏损,让满心憧憬国际市场的联想身陷泥潭。当灵魂人物柳传志再次执掌联想集团董事局主帅帅印的时候,《福布斯》把这样的回归称做"不亚于乔布斯回归苹果的重大变革"。

不过,柳传志并不喜欢人们把自己和复出的乔布斯、戴尔相提并论。他说:"真的有很大的不同,他们的公司已经到了悬崖边上,而且他们回来就管业务。我上来主要做的是后勤部长的工作,哪有公司会依赖后勤部呢?"

多数人们一直坚信65岁的柳传志仍有能力帮助联想渡过难关。如今,他依然精神饱满,但鬓角已泛霜华。在个人电脑市场早已终结暴利时代的今天,在金融危机的威胁,在竞争对手、"山寨机"、上网本的四面夹击下,联想面临的难题与挑战也逐渐增多。

旁观者也无法不把这9000多万美元与联想国际化战略的失败联系到一起。尽管从这个数字得出联想收购IBM的买卖不合算的结论或许有些臆断,但毫无疑问,这是一次出海的挫折。而柳传志的复位,会是一次无悔的回归吗?

再出江湖,这显然还不是65岁给柳传志下历史评价的时候。对于成败,柳传志这样讲道:"他们问我失败怎么样,成功怎么样,我真的没有考虑失败会带给我多大的问题,我不可能在失败的时候退下来。一定是走到胜利的轨道以后我才下来。"

柳传志曾有一个梦想,他希望有一天能看着都是年轻人在受累。柳传志说："我会欣赏他们的成果，这也是欣赏我自己的成果。"这真是一个美梦。

业界认为，若不是到了生死关头，柳传志不会冒险出山。在柳传志看来，联想的境况还没有那么糟。他说："这种场面的惊涛骇浪我见过多次了，1996 年，现金流都快断了。今天，让我对付这种情况大家心里更有底，员工、董事和投资人，可能会觉得更踏实。"

世界上最好的中国企业

联想非要成为国际化公司吗？对此，柳传志的回答是："中国能够成为世界强国的一个标志，跟中国有没有国际性的企业非常有关系。像欧洲，由于国度小，市场不够大，真正能给国家带来巨大回报和影响的肯定都是国际公司，像诺基亚、西门子。有巨大国内市场的美国，给它们带来更大利益的也是大的国际企业。中国幅员辽阔，最基本的是国内市场，这是极其重要的。但是，如果有可能形成自有品牌的国际企业，对中国的经济会有更大的贡献。"

柳传志说，联想国际化的道路没有改变，他要继续尝试，为以后走出国门的中国企业探路。的确，极少数中国企业可以放在全球市场上去掂量它们的分量，我们评价中国企业时，过去只能说"这是在中国的最好企业"；现在至少可以说，"这是世界上最好的中国企业"。

"在国际舞台上，联想集团已经取得了成功的发展。但在这一重要时刻，我们将给予中国业务特别的关注，因为它是我们全球业务和成长战略的基石。"柳传志在一份声明里这样宣布，他回到了联想，而联想回到了中国。

对话企业家

记者：重新回到联想董事局主席的位置上，您是否经历过挣扎？

柳传志：没有太多的挣扎。这次的金融危机来了以后，确实给联想以相当大的冲击，具体表现就是在一个季度内有 9000 多万美元的亏损。我估计还得要有一段时间才能把它扭亏过来。

2000 年的时候，我从 CEO 的位置上退下来，到 2004 年并购（IBM 个

人电脑业务)的时候又从董事长的位置上退下来了,希望联想现有的这些领导人把业务越做越大。现在来看,情况总体不错。不过在近一年突然发生了很意外的情况,那就是国际经济危机。经济危机恰恰对联想的打击非常大,因为联想国际客户主要都是大的商业客户,这是我们并购的IBM PC的业务基础。现在经济危机出现以后,这些大的国际客户削减成本的主要方式,首先就是削减 IT 的成本,再不行才是裁员。应该说"春江水暖鸭先知",寒流来了之后,最先感到冷的是我们这儿,再加上本来我们并购国外企业,人家说是"蛇吞象",还没有完全消化完,就显得有点特殊了。而中国经济恢复的能力和新兴市场地区恢复的能力应该是比较强的。在这种情况下,加强这儿的力量肯定是战略上非常重要的做法。我们就研究,战略要在这方面调整,所以元庆来主持这个工作比较合适。

我觉得联想确实是有危险存在的,不管危险大小。如果真的需要我出来帮忙的话我会出来的。因为退的时候没有想到有这么大的风浪,现在我觉得还能帮一点忙,因为这种所谓的风浪我经受过多次。这次亏损的绝对值是最大的,但相对值不是最大的。曾经 1996 年的时候,我们现金流都快断了,所以我对付这种情况心里更有底,员工、董事会都会觉得心里更踏实,投资人也会这样。而且元庆做 CEO 我更理解需要什么时候提醒他,免得他用更多的时间解决各方面的关系,包括投资人的关系以及董事会内部的协调。对我来说也不是什么太辛苦的事情,我有能力来做这样的事情。

记者:您对这次重返的成功与失败怎样看待?

柳传志:首先,这确实也没有什么太大的艰难之处,没有到要死要活的地步。其次,这个事情只能成功。我从来没有在失败的时候离开联想,我只可能在成功、做得好的时候退出,不可能说做坏了才离开。因此对我来说不可能有失败的,如果失败了我就做到成功为止,我想还不至于到这个地步。对这件事情本身,应该说还是三年内在财务数据上要有一定的变化,我有这样的信心。

记者:阿梅里奥走了,这意味着只有中国人才能把联想带进下一个辉煌吗?

柳传志：我从来回答问题都是直接的，但这个问题不便于谈。事实是有些事儿他行，有些事儿我们行。我们把我们不行的事儿学会了之后，自然就会接过来。而在这个过程之中，应该说我们学到了很多东西，越来越成熟。

国际团队，特别是国际董事、阿梅里奥，都起到了非常重要的作用，而且在这时候我非常佩服他们，业绩不好未必是他的责任。一家中国企业走出去，需要有一个消化的过程，只能说，今后让我们做可能会比较合理。

记者：在扭亏方面有没有制定战略？

柳传志：具体的战略制定是管理层的事情。我们现在的扭亏一定是有结构性的，而不是急着、忙着要把报表做得怎么好看。因为联想毕竟还有13亿美元的现金，离最大的危险还远着呢。所以完全可以从容地解决结构性的问题。我们不想苟延残喘，联想以前做过这样的事情。早年前问题非常严重的时候，根本做不了结构性的扭亏，先过一天算一天。现在不是那个时候了。

记者：惠普、宏基看起来并没有太受经济危机的打击，这两年联想的品牌和公司战略失误了吗？

柳传志：宏基的战略非常明显，它们是在消费类市场下了很大工夫，而联想重点放在了高端产品、大的商业客户上，经济危机到来时，打击最大的恰恰就是我们这样的客户，这是我们的区别。所以联想要加大在消费类产品的发展，联想比宏基更有优势的地方就是在于中国和新兴市场的发展，毕竟宏基更多的发展是在欧洲。

记者：有人说联想的海外战略错了，至少看起来，国际化的道路非常艰难，您如何评价当年并购 IBM PC 的决定？

柳传志：不仅仅是联想，凡是现在走国际化道路的走得都非常艰难。海外业务在联想出来以后没有能够被浪打倒，能站住就很不错了。一个中国企业并购了一个外国企业以后，经常可能出现的情况是买了以后人家不承认你这个品牌。比如说 ThinkPad 买来以后，换了人了，人家不买ThinkPad 的东西，这是一个很大的风险。并购这几年以后，ThinkPad 的品牌基本上站住阵脚了，当然我们的要求很高，希望还有更大的发展。

季琦：创业容易守业难

> 我看到很多携程的员工都通过公司上市，套现有钱买房买车，我挺快乐的。我觉得当你做的事能够让更多的人开心、生活更好的时候，这个事很有意义，你很有那种成就感。这种成就感不是财富所能带来的，这就是我想要的，我做汉庭的境界。
>
> 要过着自己想过的日子，做了自己想做的事，爱了自己想爱的人，这就是有意思的人生。
>
> ——季　琦

　　季琦，1966 年生于江苏省如东县，就读于上海交通大学工程力学系。1997 年创办携程旅行网、2002 年创办如家酒店，任 CEO；2005 年创办汉庭酒店，任 CEO。如今，季琦创业的这三家企业，都已分别成功上市。

　　与季琦这个名字联系的是一串众人熟悉的品牌：如家、携程、汉庭。季琦被冠以太多称号，"创业教父"、"连续创业者"，但如今的他最讨厌被人贴标签，他想做的，不过是把自己的后半生交给汉庭。

　　他说："我依然擅长白手起家，只是现在想做有意思的事。"大部分企业都会被打上其创始人的烙印，对季琦来讲，他和汉庭已经密不可分。"我的目标就是汉庭的目标，做一个长久的有核心价值和灵魂的企业，做一个能走得更远的企业。"

创业容易守业难

　　季琦曾说："创业比守业容易得多。"创业者需要更多的冒险精神，就像一个随时在路上待命的旅人，创业对于他来说，似乎是一场场没有终点的出发。途中那些未知的风景，召唤着他不断前行。今天的他，却更想停留下来，把自己的后半生交给汉庭。这种驻足的心态也许来自于不惑之年的清醒，但季琦更愿意把它归结为人生阅历的抉择。

回过头来，看看来时的路，季琦有很多不一样的想法。在他眼中，创办如家和携程时自己功利性很强。那时候的他，更多的是为了证明自己。而现在汉庭时代的他，则更在意其他的一些东西，比如顾客的感受，大部分员工的利益，甚至生命本身存在的意义。

季琦说："曾经我也想，人一辈子活着有什么生命的意义和价值。就像田里的一个植物，路边的石头和狗，也在想自己存在的目的是什么。"季琦十分欣赏保尔·柯察金的《钢铁是怎样炼成的》中的那句话，"当人回顾一生的时候，不应该为自己虚度年华而后悔"。而如何能够不虚度年华，在他看来，就是"要过着自己想过的日子，做了自己想做的事，爱了自己想爱的人，这就是有意思的人生"。经营汉庭对于他来说，"绝对是这么一件有意思的事情"。

"我看到很多携程的员工都通过公司上市，套现有钱买房买车，我挺快乐的。我觉得当你做的事能够让更多的人开心、生活更好的时候，这个事很有意义，你很有那种成就感。这种成就感不是财富所能带来的，这就是我想要的，我做汉庭的境界。"

正是这种对汉庭的期望和浓厚的兴趣让季琦从一个创业者变成了一个守业者，并把自己的后半生同汉庭紧密相连。所以尽管他认为自己是个不太爱表达的人，却愿意为汉庭开始写一篇篇文采飞扬的博客。出书，接受采访，做一切和公众接触的事情，这些甚至和自己的喜好无关。季琦很喜欢雅高集团旗下的宜必思酒店，他希望将来的汉庭也能够像雅高一样成为全球知名酒店。

爱顾客 也爱员工

季琦说："我不是为了员工做企业，但是做企业第一考虑的是员工。"在季琦的创业生涯中，他的好人缘得到了充分的体现。他每次离开，都会

有一批人义无反顾地跟随他，而他只认为自己是个"比较善良的人"。在商业这个利益交割明晰的战场上，几乎所有投资人都跟他有过两三次合作，即便是在最艰难的时候，仍然有投资者坚定地支持他。

从某种方面来讲，这似乎已经超越了合作的界限，更像是基于朋友的一种信任。而季琦认为起了至关重要作用的是坦诚。他曾讲："人最恐惧的是不知情，或者没法把握的事物。当他知道风险在哪里，他们就知道风险并不大了。"

如今，季琦将大部分时间用在与人沟通上。他很在意顾客对汉庭的评价，听到顾客会因为卫生间地板滑而差点摔倒，就"心疼得不得了"。在汉庭发展初期，他经常去看客人对汉庭的投诉，"有顾客抱怨隔音不好，我们就花了很多钱去解决这个问题，当时隔音是投诉最多的问题"。随着店面数量的增加，季琦开始顾不过来了，但是每个月他还是会去看顾客反馈的统计，"目前投诉最多的好像是隔音和服务，那我们慢慢要去改进这些。"

相比细水长流去赢得顾客，季琦更希望汉庭能够成为员工心目中坚实的支撑。汶川地震的时候，他到达成都，将店里所有的员工聚在一起吃饭。他回忆说："我就是想告诉员工，汉庭跟你们在一起，有什么困难我会帮你们。"那时，季琦睡在余震不断的灾区，他坦陈心里也不无惊怕，但是更相信自己所带来的强大力量。他说："我去了之后，能够明显感觉到员工激情的提高。"

此外，季琦的大部分时间用于与高层以及基层员工的沟通上。他说："平时和高层之间就像是伙伴，我们没有上下级关系。他们大部分是海归，在西方的环境里熏陶久了，没有国内一些企业那么强的等级观念，一种平等透明的关系让我们可以畅所欲言。"平时出差到所在门店的地区，季琦就会去找一些优秀的员工吃饭，和他们聊聊工作和生活。

也许未来的某一天，季琦最乐意看到的一件事情，就是在中国的每个角落，在旅人翻山越岭或穿越平野之时，能看到汉庭沉静的 LOGO 在太阳底下闪闪发光。

对话企业家

《乐活志》：您最近在忙什么？

季琦：沟通。与投资者、合作伙伴、同事、商业地产基金、酒店业……还有媒体，方方面面的沟通。

《乐活志》：低碳是现在很热门的一个词儿，汉庭连锁的绝大部分是经济型酒店，环保、低碳的理念如何在酒店的运营中体现？

季琦：经济概念本身就是低碳的。我们酒店的使用空间设计紧凑、不浪费、不强调娱乐设施。比如我们改良过一个细节，擦鞋纸其实很不环保，我们就将其改成擦鞋机。同样，我们鼓励客人自己带牙刷、女士自己带毛巾，这都是低碳的举动。

《乐活志》：从您的经历可以看出来，您是一个时刻充满激情的创业家，您是如何保持这份激情的？

季琦：性格使然。想美好的东西、向前看、乐观，乐观就容易有激情。追求理想的过程中，最重要的是对事物真正的兴趣，而不是结果导向。当然，要用欣赏的心境看世界，保持多元的审美观，雅俗共赏，心灵会一直年轻。

《乐活志》：您认为在创业过程中，助您成功的最重要的品质是什么？您憎恶的品质是什么？

季琦：成功最重要的是执著。最不应该勉强自己，做不喜欢的事。

《乐活志》：汉庭作为一个经济型的连锁酒店，但有一些细节做得还不错，像众所周知的一面是荞麦一面是棉的枕头，您是如何看待细节在成功中的位置的？

季琦：酒店业对细节要求比较高，细节在成功运营中至关重要。像我们的双网线、服务员的微笑、空间设计等，我们要靠细节竞争，靠细节生存。

《乐活志》：我们读者的生力军是 80 后，对这些以您为偶像的、希望自己创业的年轻人，您有什么建议？

　　季琦：现在就是一个创业的时代，有很多无可比拟的环境优势。80后如果有能力、有冲动就要去做，但不要去复制前人的成功模式，要有自己的观点和方式。每个时代都会有自己的英雄，不要为此而迷惑。当然，更重要的是喜欢，喜欢才能快乐地做好事情，才能有坚持，这是成功的根本。

许志华：合格的接班人

> 我是"第二代"，但不是"富二代"，父亲当年创业的苦我全都看在眼里，所受的这种苦我们也是一路见证过来的……如何能让企业往下传承的问题，是很多人都关心的。当然，匹克可以说算是基本解决了这个问题，因为我和我弟弟在企业已经有10年的时间了，在这段时间里，对企业的熟悉度，对企业的经营及未来，我们已经能够很好地融合在一起。
>
> ——许志华

许志华，现任匹克体育用品有限公司首席执行官。北京大学光华管理学院（EMBA）工商管理硕士。主管市场营销、品牌推广及企业文化建设等工作。曾获得"福建省青年创业典型"、"中国体育营销标杆奖最具国际视野人物"等荣誉称号。

合格的接班人

许志华作为匹克体育用品有限公司的接班人，无疑，他是合格的，他将匹克的业绩做到全国第三，更是将匹克带上市。也许曾在众多媒体面前，许志华憨憨的笑容给人的感觉很"温和"，但是工作中的许志华，却与"温和"不沾边。

或许与其童年的经历有关，身为匹克董事长的父亲许景南几乎忙得没有时间去照顾自己的儿子，但又对长子许志华寄予厚望，而且即使为自己的儿子感到骄傲,许景南也只是会挑"毛病",许志华回忆说:"可能也是受父亲的影响,我好像也不太会夸自己的员工。不过,这样不好,我以后要改。"

从众多体育品牌的围剿中厮杀出来并成功上市,如今的许志华忙得团团转,他说:"我身上从来都没有钱,而且每天的行程都被排得非常满。"不过,身上没钱的许志华却为匹克赚了很多钱。2009 年,匹克营业额同比增长 51.6%,达到 30.95 亿元人民币,这是匹克营业额首次突破 30 亿元大关,毛利率也由 32.7% 增至 37.5%,净利润率为 20.3%。"光鲜"的数字证明了许志华的用心没有白费,这也是匹克上市之后交出的第一份成绩单。

"第二代"or"富二代"

对于匹克在国内市场的布局与经营现状,许志华曾表示:"匹克 2010 年已在全国开设约 1000 家新门店,加速进入国内一级市场。至 2014 年,匹克的销售额计划达到 100 亿元人民币以上。"不过,许志华还有更高的目标,他说:"匹克国际化的目标从未变过,而且将匹克做成真正的全球品牌一直是我们坚持的目标。"

许志华带领匹克将市场进行细分,开出了篮球小店,经营还不错。许志华说:"这样做的目的就是给核心消费者提供更加专业的服务。因为我们发现,现在这种综合店很难满足核心消费者的需要和专业化的需要,所以我们才决定推出这样的主题店。"可以说,这是许志华布局匹克品牌差异化和品牌精细化的一个最终表现。未来,匹克不仅仅是在篮球,可能也会往网球、足球、跑步这几个项目去延伸,包括户外这几个运动项目的延伸,进而做到让品牌更加精细化。

许志华作为匹克总裁,始终被"富二代"的光环所笼罩,但在他看来,自己只是"第二代"而不是"富二代",他说:"我是'第二代',但不是'富二代',父亲当年创业的苦我全都看在眼里,所受的这种苦我们也是一路见证过来的。我们能感受到这种创业的艰辛。所以,我觉得父辈的这种品质在我们身上也还是有的。当然现在整个中国企业发展到今天,其实面临着交接班的问题，大部分企业可能都是父辈创立的。如何能让企业往下传承的问题，是很多人都关心的。当然，匹克可以说算是基本解决了这个问题，因为我和我弟弟在企业已经有 10 年的时间了，在这段时间里，对企业的熟悉度，对企业的经营及未来，我们已经能够很好地融合在一起。"

对话企业家

数字商业时代：匹克已经上市，并取得了很好的业绩，但在管理匹克的过程中，觉得最大的困难是什么？

许志华：匹克是一个有着 20 多年历史的企业，90 年代的时候，我们是这个行业中第一个创立自主品牌的企业，也是这个行业里第一家民营企业，此前虽然有双星和回力，但那是国有企业。对于第一家创立自主品牌的企业，我们还是挺骄傲的。那段时间，匹克确实挺辉煌的，后来因为内部的调整，进入一个平谷期，在 1998 年、1999 年时就被我们的竞争对手超越。这种情况下，我们需要重新调整策略，重新赶上。每一个阶段都会有困难期与调整期，匹克从 2001 年开始进入一个重新发展的阶段，随后的两年一直保持着 30％的增长，然后是 50％，到了 2005 年之后大概就是 80％的增长，保持这么一个快速的增长，如果说困难，那肯定就是当时的竞争压力要求匹克不得不从很多品牌中突围。

数字商业时代：国际化战略就是那个时候启动的吗？

许志华：对。2005 年我们启动了国际化战略。战略从来都不是无缘无故的。2004 年，行业竞争非常激烈，当年的央视体育频道号称晋江频道，就因为我们这个行业有 47 个品牌在中央电视台打广告，你到晋江去看的时候，你会发现整个晋江的大地上全都是香港的影视明星，还有歌星和各种球队运动员的广告牌，电视广告全是这个。有时，连我们行业的人都分不清楚是哪一个品牌，你说消费者怎么会分得清楚？所以我们当时就思考，匹克是一个有着光荣历史的企业，怎样去突围、去差异化成为必须要思考的问题。

有了这种竞争的压力，我们开始启动国际化战略。用这种国际化战略成功跟火箭队、跟 NBA 进行合作，成功实现了策略上的突围，实现了品

牌差异化,这决定了我们后来的高速增长,在同质化竞争激烈时,必须差异化营销。

数字商业时代:但匹克跟火箭队等合作的时候并不出名,你用什么方式打动了NBA?

许志华:NBA选择和我们合作一个最重要的原因就是我们对篮球运动的专注,这是它们最看中匹克的地方;第二是我们的诚信。重承诺、重信誉这两点打动了NBA,让它们放弃李宁,选择了匹克。

数字商业时代:国际化战略的启动让匹克迅速成长起来,那未来国际化战略如何去实施呢?

许志华:我们已经在美国成立了研发中心,现在已经有人在那里了。首先要说明,未来的市场是全球化竞争的市场,所以不能站在中国想中国的事,一定要站在全球看中国的事,或者站在月球看地球。因为未来的生意不只是中国的事情。所以,必须有前瞻性的眼光,而且我们内部也在推进整个团队的思维、整个营销思路,尽量做到销售全球化。

张宝全：当梦想照进现实

> 虽然我的爱好和自身素质都倾向于艺术，但商业有商业的规律，我最大的特点是能把商业和艺术分得很清。
>
> ——张宝全

张宝全，1957 年生，江苏镇江人，毕业于北京电影学院导演系。1992 年投身商海，先后从事海洋运输及房地产开发，于 2002 年创办今典集团，全面执掌旗下房地产、电影、酒店、艺术四大产业集团，被公认为当今中国房地产界领袖人物之一。

当梦想照进现实

19 年前，张宝全去海南"淘金"，11 年前，再次回到海南，并长期"潜伏"下来。从 2002 年重返海南至今，张宝全已成功在海南"潜伏"九载，他成功坐拥大量三亚最为稀缺的土地资源，"抢占"了海南五湾中的海棠湾、三亚湾、亚龙湾、清水湾，为其在海南的进一步扩张准备了充足的"弹药"。他说："资本是嗅觉非常灵敏的一只狗，哪里有利益，哪里有价值，它都能嗅出来，所以海南繁华的背后是海南未来的价值，说明它得天独厚的特征被资本发现了。"因此，张宝全智慧地绕开了住宅用地，直接从事度假地产的开发。他的目标是做国内最大的连锁五星级酒店运营商，并计划在 2012 年以"度假地产"的全新概念上市。

其中，海南三亚湾红树林酒店是张宝全的制胜法宝，他欲将此打造成"中国首座博彩酒店"。三亚湾的红树林酒店已经破土动工，而其已修改了当初的设计规划,除了要建设体育竞技型博彩场馆外,还将先行备建出3万平方米的未来赌场,酒店客房多达5600余间,每间客房均可直播视频参与竞技博彩或直接投注,其中大型竞技演艺场将引入NBA、散打、拳击、赛狗等国际上通行的竞猜博彩赛事,也包括像美国拉斯维加斯一样的动态博彩类型。"对于这样一个大型项目,等'牌照'落实再规划肯定晚了。"据悉,红树林酒店将在2012年中期投入使用。

"押宝"计划

张宝全并非将所有的"宝"都押在海南,他说:"对于自然气候条件很好、以自然资源为优势的旅游大省,我们都在洽谈项目合作。"早在2009年,今典集团就在青岛灵山湾拿下一块440余亩的土地,计划斥资42亿元,将其打造成"北方亚龙湾"。2010年,今典集团将向无锡、丽江、大理、腾冲等具有旅游潜力的城市进军,开始全国布局。

事实上,张宝全欲向度假地产全面转型的想法早就已经显露出来。2008年,张宝全抢先冯仑、王石等人一步,一举拿下了三亚湾和海棠湾两块地。离开海南的10年,张宝全"折腾"过很多事情:创建过EVD播放标准、拍过电影、开过美术馆、画廊等,尤其是1999年后,今典集团以"危房改造"的名义,将位于北京三、四环沿线的数个"危房区"迅速改变为与城区无异的繁华地带,张宝全与他的今典花园开始声名鹊起,并收获了巨额财富。

有人说,张宝全是因为经历了1992年那场在海南买卖土地的浪潮,才让他精通到了如何从制度变革中获取财富的精髓。"我是一个逢赌必输之人,不过每次'玩'的时候心态都很好,输完赶紧回去睡觉。"闲暇时间,张宝全会大声念着海子(诗人)的诗歌,尤其是那首"面朝大海、春暖花开"。张宝全坚持每晚睡前一定读书,被称为"北京字写得最好的房地产老总",也是第一位养着鸟儿在办公室飞来飞去,并孵出小鸟来的公司老总。他说:"虽然我的爱好和自身素质都倾向于艺术,但商业有商业的规律,我最大的特点是能把商业和艺术分得很清。"

对话企业家

数字商业时代：买地作为一个企业投资行为，我想不仅仅因为是你个人的梦想吧。

张宝全：从企业来讲，我觉得核心竞争力就是要投资优势资源，就像中国制造业那样，有很多吸引人的东西，但不是每个方面都要去做。像海南这个地方，我认为最关键的是它的资源：气候、海岸、阳光、白云加绿树，买下了地，就等于买下了这块资源。

数字商业时代：你是一个将理想和现实、艺术和商业分得很清楚的人吗？

张宝全：每个人都有不同的经历，因此想法也会不一样。像我这样经常充满想象，又是 B 型血的人，又爱好艺术，有时会很冲动的。我刚下海的时候，压力很大，自然形成了一种忧患意识，而这些东西一旦在思维中形成了，就会在以后的行为、行动中成为非常重要的一部分。做一个决策时，你能想到它的后果，当你能想到这些最坏的结果时，你再去做这件事情，成功性就很大。

我热爱画画，后来写小说、搞创作，包括拍电影，这都是我的兴趣。可以说，我的爱好和我本身的素质都是搞艺术的。搞艺术的人更向往自由和自然，就像哲学里讲的"天人合一"的那种境界。当然在商业拼搏的过程中商业有商业的规律，我最大的特点是把商业和艺术分得很清。

数字商业时代：为什么 2002 年进入海南到现在才开始做转型？

张宝全：其实我一直在寻找，就像寻找"根"一样。海南对我来说，意味着梦想开始的地方，到最后才发现，其实这里是我梦想实现的地方。尽管我们的传统行业在北京，但我一直在想房地产开发这种模式还能够坚持多久或者能维持多久？像红树林产权酒店这种把开发和酒店的运营结合起来的模式，我觉得它的意义更大，是一个长期、稳定的经营模式，它使得我们二三十年可以稳定盈利。我们做的这个酒店地产就和以前不一样，以前我们造房子也是在做事，也在赚钱，但不是很稳定，也不是一个全新产品。

数字商业时代：全新产品指的是什么？

张宝全：虽说现在的建筑产品也是标准化生产，即使设计的户型一样，但针对的人群是不同的，要求也不尽相同。做酒店就不一样，即使我们现在也很忙，但忙的是酒店实体区的复杂建设，我们准备起来还是比较轻松的，把酒店和当地文化结合起来，充分利用自然资源的优势。而且，我也乐于参与设计，我们聘请的国外设计师也是跟着我做。其实大家是一起在创作，就像编剧本一样，是一起在"侃剧本"。实际上编剧本和做酒店很像，故事可以这样写，也可以那样写，只要大家觉得很精彩就会很特别。

其实，度假酒店应该是度假生活的容器，不是有一片海让你看一看，有张床让你睡一睡。要真正创造一种让人离开都市、脱离现实的生活方式。

数字商业时代：作为董事长，你亲力亲为去做设计，是乐在其中还是不放心？

张宝全：参与其中实际上就参与了共同创作，可以使这个产品不仅能成为很好的商品，而且也会成为很好的艺术品。我本身就是搞艺术创作的人。什么是文化？文化就是我们生产方式和生活方式的总和。作为房地产企业，是酒店的制造方，也是酒店的使用方。就说度假，三亚湾红树林酒店是国内第一个真正把度假生活方式给"装"进去的酒店。住进度假酒店就像看一部电影，从一开始我就给你一个梦，到片尾结束，在这一段时间里，我让你忘记现在的空间，也不去想现在的烦恼。看《阿凡达》的时候，你肯定不会想别的事情。当初亚龙湾就给了我这样一个场面，给了我"面朝大海、春暖花开"的梦幻。

数字商业时代：你是什么时候决定将今典转型成产权式酒店运营商的？

张宝全：2009年把青岛那块地拿下的时候，我就明确了今典的转型方向，那就是全部按照红树林度假酒店去做。如果说转型点是红树林酒店的话，青岛红树林就是实现梦想的真正契机。实际上，红树林模式我们在两年前就做了很多准备，因为这是一个彻底的创新，没有任何可以借鉴的地方，也没有人清楚该如何去制订这个商业模式。最后，我们制订一个庞大的交换平台，包括网络体系和法律体系。政府也参与进来，和我们一起来修订。

数字商业时代：做这样的产权式酒店创新，你面临的最大难题是什么？

张宝全：主要是针对这种产品形式，国家法规还没有明文规定，也包括金融方面的。当然，这个只能是慢慢地去规范，我相信慢慢会有所改变。

数字商业时代：如果经营博彩业的政策迟迟不出，或者今后牌照没能拿到怎么办？

张宝全：如果那样，准备经营博彩的面积还可以经营商业，而客房内部的投入也可重复利用，我们并不会有什么损失。对于这样一个大型项目，等牌照落实再规划肯定晚了。

数字商业时代：与迪拜危机相比，又有什么不同？

张宝全：海南和迪拜完全不一样，前几年去看迪拜，感觉迪拜不像是地球上的一个城市，更像月球上的一个城市，就是在一片沙漠里面，真的是人有多大胆地有多大产。迪拜做旅游度假城市，它没有自然资源，而旅游度假城市最重要的就是自然资源。海南在全世界自然资源都是一流的，我们在全世界看到很多地方，巴厘岛也好，夏威夷也好，从自然资源条件来看，我们的海南是超过它们的，比如三亚的海滩，颗粒度、颜色，包括坡度等等都是国际一流沙滩的标准，可以说是样板一样的东西。所以，海南真的是具有未来休闲度假这样的独特资源或者是强势优势资源的一个城市。政府这次把它定为国际旅游岛，是按照它的这样一个资源优势决定的。

王长田：我中了商业模式的"魔咒"

> 我在大事上很谨慎，小事情经常异想天开。我是一个永远不知道满足的人，如果在某个领域感到没有拓展空间，就会改变。
>
> ——王长田

　　王长田，生于辽宁省大连市，1988 年毕业于上海复旦大学新闻系；1998 年 10 月创立北京光线电视策划研究中心，后更名为光线传媒，先后创办《中国娱乐报道》、《音乐风云榜》、《影视风云榜》等品牌电视节目。旗下光线影业累计票房超过 6 亿元，成为国内排名前三位的民营电影公司。现任光线传媒股份有限公司总裁，拥有 10 年以上传统媒体与新媒体领域的管理经验。

不要小瞧我

　　十多年前，王长田刚创业时，他的办公地点还只是位于北京西三环的一间黑乎乎的两居室。而今身为总裁的王长田却怎么也不会想到，10 年后的光线传媒股份有限公司（以下简称"光线"）会有今天的气派，看上去像"梦工厂"一样炫目的办公场所已经成为访客参观的景点。而 2010 年，光线作为中国最大的电视节目制作和发行商，头顶着中国最大民营传媒娱乐集团的"帽子"顺利拿到了创业板的"入场券"，进入了上市的倒计时。

　　文质彬彬的王长田骨子里却有着一股打不垮的韧劲。当最初创业的 4 个合伙人相继离开公司时，他只是傲然留下一句话："你们都太小瞧我了。过去 10 年（1988 年毕业到 1998 年下海创业）我王长田做事没有失败过。"也许正是靠着这份韧劲与坚持,他才成就了今天的光线。

自产自销,自给自足

王长田评价自己是一个"永远也不会满足的人",自复旦大学新闻系毕业后,从入仕途到做记者,他始终都在"折腾"。偶然在北京电视台客串一回制片人,他惊人的电视内容驾驭力被人评价为:当初我怀疑他是不是懂电视,后来事实证明他比做电视的人更懂电视。这种天分一直让王长田引以为豪,"我到现在都不会编片子,不会操作机器,但是我对新闻的把握没有问题。"

良好的专业素养和敏锐的判断力,让王长田坚信:"这个市场肯定有,只要你把东西做好。"1999 年光线制作的《中国娱乐报道》一炮打响,他用多年积累的人脉迅速覆盖了全国 50 多家电视台。没几年的时间,光线在成为内容的集成商和运营商的同时,又晋级为国内鲜见的集传媒和娱乐于一身的综合文化企业。

在很多人看来,这一切得益于王长田对商业模式的情有独钟。王长田自己总结道:"光线的核心竞争力在于'自产自销,自给自足'。"人才是自己的,光线被称为"中国娱乐主持人的摇篮",曾一手培养过何炅、谢娜、柳岩等一线大牌主持人;媒体资源是自己的,"我们不并购",每个业务板块之间都有本质关联并形成互动互补。用王长田的话来说,光线的商业模式不是"抢鸡蛋"似的某个项目的单打独斗,而是"把鸡蛋孵成小鸡,再把它养成能自己下蛋的母鸡"。

做商业模式勿侥幸

王长田说:"也许我们的发展速度没有那么快,但是起步非常扎实,可以走得很远,所以有人把我们比喻成骆驼型的公司。"2006—2007 年由于外部政策和市场环境的变化,光线陷入低谷。不过这次遭遇反倒促使王长田思考起光线商业模式的漏洞,"做商业模式别侥幸。你要想着哪一天这个项目可能就没了,必须做一个能长期存在的模式。"王长田的"招数"很直白,"不把鸡蛋放在一个篮子里",开辟新业务,分散风险。

仿佛中了商业模式的"魔咒",王长田经常是"弄不清楚的时候就会停下来想"。看到别人赚钱不是没有"眼馋"过,"游戏产业每年产值几十个亿,我们一年的收益才一个亿,简直没法比。"但是游戏产业和光线现在所从事的领域有什么深层次的关联,或者通过什么商业模式去嫁接?在没想清楚之前,王长田绝不会轻易去做。

对话企业家

数字商业时代:光线上市的初衷是让员工得到更多回报,这些员工是骨干还是全体?

王长田:我考虑最主要的一点就是让骨干员工这么多年的成长和辛劳得到回报。首先考虑保障核心员工的利益,上市之后会考虑发放期权等激励方式。上市并不是从个人角度想,我可以有很多方法获得资金回报。

数字商业时代:为什么影业不在上市的范畴?

王长田:因为我们瞄准的是创业板,证监会有规定,希望上市公司的主营业务清晰。从一个集团来讲,光线主要的业务还是在电视节目,这块的商业模式也是最清晰、最稳定的,同时也是仍在高速发展的,我肯定要把电视以及相关衍生业务打包后一起上市。

另外,仅仅是从概念角度考虑的话,在这之前已经有电影公司上市。单就电影而言,人家做了 15 年电影,我做了 3 年电影,肯定有一部分不够完善,硬要比的话对我们不利。影业剥离出来之后,光线是唯一做电视栏目上市的公司,行业领先地位一目了然,模式一清二楚,这样对我们是很好的选择。

把影业剥离出来还有一个优势,我希望有一点时间去培养它,毕竟电影是以单一项目运作为主,起伏变化大,今年项目好、利润多,明年就不一定。我们也要在电影方面建立起一种商业模式,让它实现稳定的盈利,但这需要时间。

数字商业时代:光线登陆创业板是否会对华谊兄弟形成正面冲击?

王长田:不会形成真正的正面冲击,因为我们上市的主营业务是电视(节目),还有营销活动,这些都是华谊兄弟没有的。就算它们要做,要赶上光线还要很长时间。

数字商业时代：那光线的影业部分呢？

王长田：这也许会和华谊兄弟有局部的竞争。主要是片子的档期会有直接的"撞车"，另外品牌上可能会有竞争。但是光线影业在商业模式上是一个发行公司，华谊兄弟是制作公司。这两类公司在国际上也很难产生真正的竞争，比如梦工厂是制作公司，华纳、环球是发行公司，但不排除梦工厂制作的片子由华纳发行，同档期也有环球发行的片子，这种竞争会有，但是在商业模式上是不同的。

数字商业时代：简单来说，光线在影业上要成为华纳而不是梦工厂？

王长田：是，我们要成为类似于华纳的公司。谁说生产产品的公司一定要建自己的商店？谁说商店一定要卖自己的产品呢？各赚各的钱，这是两码事。

目前国内电影发行还比较烦琐，不是新型市场营销的模式，为了做好发行，我去拍电影，而不是为了电影做发行，我是反着来的。大部分公司是因为有电影才建立一支发行队伍，而我考虑的是一年要发行几十部电影，为保证质量，才去做原创，光线自己做电影就不会被别人掌握，这个思路很清晰。现在影业这块发展特别快，从2007—2009年翻倍增长，预计2010年我们会变成国内最大的电影发行公司。"可以把光线比喻成骆驼型的公司，在水草肥美的时候积累脂肪和水分，没有东西可吃时就消耗自身储备，形成一种良性循环。"

数字商业时代：现在光线有哪些主要业务？

王长田：最核心的是两大块：一个是跟电视节目相关的业务，一个是营销活动。由节目制作带来的收入有两块，一块是直接收入，你把节目做好之后卖给电视台，它付钱。这实际上是现金交易，不考虑广告，有做大的趋势。另外，比较重要的是节目广告和营销挂钩，我们给电视台生产节目，电视台不给钱，只给广告时间。我们根据广告时间寻找客户，这是我们最主要的，也是光线开创10年来一直在做的商业模式。

数字商业时代：光线和同类竞争对手相比，有什么优势？

王长田：光线没有什么大型的竞争对手，其他公司要么搞内容，要么搞活动,要么完全退出。光线现在是唯一生存的、不退居到某一区域的全国性媒体。我们的利润是后几家公司收入的总和。

目前,很多竞争对手都转移去做电视台的委托节目,或者卖冠名,或者现场植入的小广告。但是光线的营销能力还是在不断地扩大。可以把光线看作是一个以内容制作为基础的广告营销公司,一个轮子是节目制作和发行;另一个轮子是营销。做内容其他公司比不了,搞营销一般电视台也不如我们,光线这么多年不是依托一个媒体,而是一群媒体,这样就降低了风险。

数字商业时代:光线内部的几块业务互动很多吗?

王长田:内部互动在光线是一个传统,光线的核心竞争力之一是资源共享,包括信息、人才、运营系统、客户资源等。一个部门很难独立完成,必须依靠其他部门的配合,从公司利益来讲,其他部门也要无条件地配合,我们也会让配合的部门得到利益。

2008 年我们成立了整合营销部门,提出了"超越电视整合营销"这样一个概念,即不能仅仅停留在做节目和广告合作上,必须为客户提供更多的增值服务,包括冠名机会、板块植入机会、营销活动、宣传推广都是整体策划的。对于客户来讲,找一个光线就相当于请了很多公司:生产节目的制作公司、营销活动的策划公司、推广的公关公司,我们还做平面、视频的设计,这又相当于一个广告制作公司。一个公司能完成四五个公司的职能,因此我们与客户的合作很稳定。

数字商业时代:这是不是就是光线自己的商业模式?

王长田:这是非常重要的商业模式,我们依靠自己的媒体资源和制作能力不断完善产品,不断提出新的服务方式,满足客户需求。老实说,单就投放硬广告的媒体而言,我们的竞争对手非常多,它的价格可能比我们便宜,覆盖面可能比我们广,甚至收视率可能比我们高,但是一般的媒体却不能提供全方位的服务。

光线更核心的模式是业务内生型。所有业务都是我们内部资源、人才、资金积累到一定程度后再往外发散的,每个业务与核心竞争力都有非常密切的关系。光线不是外部资源聚集型的模式,这一点不同于其他公司。从外面请一个团队可能很快就能做大,但是会面临一个管理和持续发展的问题,甚至面临整合风险,光线基本上就不存在这些问题。也许我们的发展速度没有那么快,但是起步非常扎实,可以走得很远,所以有人把我们比喻成骆驼型的公司,在水草肥美的时候积累脂肪和水分,没有东西可吃时就消耗自身储备,形成这样一种循环。

所以,光线这么多年没有融资,完全靠自己的发展,业务内生,人才自我培养,很少并购。这类公司一是靠支撑发展的商业模式;二是靠人才,这里指的是自己的人才,而非社会外部的人才,外部人才再好跟我们也没有关系,要依靠内部的人才就要让他们的付出有所回报,我们选择了"自己的人才"这条路,自力更生,自我滚动。

数字商业时代:2006—2007年光线陷入低谷,你当时是怎么调整战略和心态的?

王长田:那段时间确实有一些问题。当时的调整是全国性的市场环境造成的,其实每一个人都无能为力,沮丧和担心是必然的,但是没办法。当时最直接的决定是做新业务,分散风险。现在好多业务底子都是那时候打下来的。光线的第一部电影就是2006年年底拍的,电视剧是2006年开始做的。活动真正是从2007年开始做起,2008年快速增长,达到几千万元的规模,2009年翻倍。

数字商业时代:那段经历给你什么启发?

王长田:首先促使我思考业务应该相对多元化,而且这种多元化之间应该有着本质联系。其次做商业模式别侥幸。不要以为哪个项目做成了,以后就会怎么样。你要想着哪一天这个项目可能就没了,必须做一个能长期存在的模式,我一直说这是母鸡和鸡蛋的关系。项目化的运作就是"抢鸡蛋",抢到就有了,这个鸡蛋和别的鸡蛋没关系。我们所谓的商业模式是指把这个鸡蛋变成小鸡,再把它养成自己可以下蛋的母鸡。

数字商业时代:你当时没有想过打退堂鼓?

王长田:我当时不是打退堂鼓,而是想做互联网,因为当时对电视非常失望,受制于人的地方太多,当时只是冲动了一下,但发现互联网的文化和我们传统的文化不一样,就暂停了。至于什么时候我们会再做互联网,那也许是当互联网成为一个人人都能理解的生活方式时,就是该进入的时间了。

数字商业时代:你似乎更倾向于内部培养人才,而不是从外部引进?

王长田:不是完全说我不想从外部引进,但前提是不能完全靠外部的人,主要是文化的磨合。曾经有过这样的做法,最后发现那些引进的高管跟我们的文化不符,有时候这是个很关键的因素。你要引进的人,一定要和现有的人员结合。到最后你会发现企业文化其实是要解决一个信任的问题,没有信任,再有能力也没有用。企业文化就是一种认同,觉得彼此是一类人,有共同的理想和行为准则,有时候这比个人的专业能力更重要。

有的公司是组合型公司,没有主导型的文化,可能不在乎这个。它要解决矛盾就是不断换人,走马观灯似的换人。我认为这种公司在某一段时间会很辉煌,也许在某一段时间整合了不少公司,但它的风险也是很大的。再看腾讯、百度,这么多年它们收购谁了?所以,总的来看,我认为在中国这片土地上,真正能做长远的是内生型公司、骆驼型公司,而不是外部资源聚集型公司。

数字商业时代:你是一个很谨慎的人,在推动业务上是每一步都想好再走。但是当初从财经记者转型,下海开公司做娱乐节目,是不是一次冒险的举动?

王长田:我在大事上很谨慎,小事情经常异想天开。我是一个永远不知道满足的人,如果在某个领域感到没有拓展空间,就会改变。我最早在机关做事,后来觉得没前途就出来做报纸,后来发现电视比报纸更有前途,就做电视。但是发现电视的体制和市场空间有问题,我就自己做电视节目。

这不代表我不慎重,其实我都是看到这个事物的根本和发展方向,想得很明白。但做起事来我又很"粗率",直截了当。直到今天我也不是一个圆滑的管理者,滴水不漏肯定做不到。

数字商业时代:作为一个财经记者为什么会选择去做文娱报道?

王长田:文娱报道电视上没有啊,电视上缺,尤其是日播资讯类的。娱乐界有什么不好?在美国这是很高尚的职业啊,我们也有责任改变人们的看法。

第五章　做品牌，做慈善

李宁：品牌重塑

> 直到现在我还崇尚王进喜。在那么艰苦的条件下，这一代人用自己的勇气、智慧，奠定了中国现代工业的基础。
>
> ——李　宁

李宁，男，壮族，1963年3月10出生，广西壮族自治区来宾市兴宾区南泗乡人，中国著名男子体操运动员。他创造了世界体操史上的神话，所以被誉为"体操王子"。退役后，李宁在1990年以其姓名命名创立了"李宁"运动品牌。

做一个世界级的中国品牌

梦想，这一词汇常被李宁提起。做一个世界级的中国体育品牌是他一直缭绕于心的梦想。

从赛场辟出一条走向生意场的路，必然要披荆斩棘。开始，他对于做工厂和做品牌的概念都是模糊的。他的合伙人是做工厂的，他们就用200万美金进了一批原材料，但是单一的原材料只能做一两个款式，一卖就是三年。"如果那个时候周转不开的话，公司可能就倒闭了。"第一次订货会，没有人买李宁的产品……他一步步走，一步步摸索，也一步步向前。

1990年，在世界屋脊青藏高原，李宁作为运动员代表，身穿雪白的"李宁"运动服，从藏族姑娘达娃央宗手里接过了亚运会圣火火种。李宁找到熟悉的国家体委官员,用爱国热情说服他们放弃了 300 万美元的外国公司赞助,选择只能拿出 250 万元人民币的李宁。亚运会结束后,李宁服装风行中国。接下来的广岛亚运会、雅典奥运会,直到 2008 年北京奥运会,中国运动员领奖时,全部穿上了中国品牌的运动服。

重塑品牌战略

2010 年 6 月 30 日,李宁公司在北京总部进行换标仪式,将沿用了 20 年的李宁 LN 旧标,更换为"李宁交叉动作"新 Logo,并以"人"字形来诠释运动价值观。同时,还将"一切皆有可能"的中文口号更改为"Make the change"的英文口号。这标志着李宁开启了新一轮的品牌重塑战略。李宁说:"这是李宁品牌重塑战略的开始,预示着李宁品牌向着国际化目标更近了一步。"正如翻译为中文的口号"让改变发生"所指,李宁对品牌DNA、目标人群、产品定位、价格策略、品牌内涵及开发体系、人员结构等都做了相应的国际化调整。

2010 年,正是李宁公司成立 20 年之际,成功超越耐克成为中国体育市场第二名后,为自己定下了未来十年的战略目标:2009—2013 年为国际化准备阶段;2014—2018 年是全面国际化阶段,成为世界体育品牌前 5 名和中国体育品牌第一名。

与 2003 年联想换标为国际化铺路一样,早在 2007 年李宁就已为李宁公司制定了国际化战略,这样做的目的,李宁是希望能摆脱始终缠绕在自己身上的"山寨"国际化形象,真正和耐克、阿迪达斯相抗衡,在扩大品牌的国际影响力上做出好文章。

但要想真正获得国际认可,并非换标这样简单。按照通常的"国际化"标准——海外市场对公司业务贡献度要达到 20%,而截至 2010 年,李宁的海外贡献度还不到 2%,在国际品牌纷纷看好中国市场的时候,李宁能否用 7 年时间来完成"出海"之战,尚不得而知。

慈善大使

李宁的前线很大,在城市,也在乡村。他说,李宁一直在用体育的方式和大家沟通，让更多的人参与其中，感受到力量和快乐。早在 2006 年，李宁公司发起"一起运动"贫困教师公益培训项目；此外李宁公司还积极投入资源，建设希望小学、捐赠老人院……李宁说付出不需要惊天动地，只要需要的人的能够获得你的付出，就很完美。他的慈善还迈出了中国，2009 年，他成为联合国世界粮食计划署中国首位"WFP 反饥饿亲善大使"。他说："从 1979 年开始，WFP 帮助了中国 3000 万贫苦农民和他们的家人实现自给自足。如今，看到中国以同样的方式在帮助其他国家，让人感到很欣慰。"

在李宁所处的那个年代，他最崇尚英雄。直到今天他还崇尚王进喜。他说："直到现在我还崇尚王进喜。在那么艰苦的条件下，这一代人用自己的勇气、智慧，奠定了中国现代工业的基础。"

张志峰：打造国际顶级时尚品牌

> 我们产品的原料、设计、采购都是全球的，只是品牌没有国际化。我从国外回到国内，就是为了先在中国扎好根。
>
> ——张志峰

张志峰，1992 年创立东北虎时装公司（NE·TIGER），任董事长兼艺术总监，在国内外举办多次个人时装发布会，荣获多项大奖，形成自身独特的时尚艺术理念和高级时装设计风格。

创立中国的奢侈品品牌，张志峰在这条看似前无古人的路上却找到了"旧时友"，就是中国五千年的历史里众多值得挖掘的元素和创作空间。

中国有没有奢侈品品牌？答案几乎无一例外，"中国有奢侈品，但没有奢侈品品牌。"而张志峰和他的"NE·TIGER 东北虎"一直致力于创建中国的奢侈品品牌，已辗转走过 19 年。张志峰要将"NE·TIGER 东北虎"打造成为皮草、晚装、婚礼服和高级定制华服的国际顶级时尚品牌。

中国是奢侈品牌的消费天堂，却不是生产王国。据世界奢侈品协会发布的数据显示：2009 年中国奢侈品消费总额约为 94 亿美元，占全球的 27.5％，首次超越美国，位居第二，直逼日本市场。然而，在《商业周刊》每年评出的世界最有价值品牌百强榜中，却没有一个席位属于中国品牌。面对众多国际服装奢侈品牌的攻城略地，张志峰也将加快 NE·TIGER 对中国奢侈品文明的复兴之路。

从手艺人到生意人

平时与张志峰一起玩的很多朋友都相继去上大学了，而18岁的张志峰则走了一条和别人不一样的路。高中毕业后，他放弃读书，自己开了一家裁缝店。他回忆说："那时候当个体户不像现在这么平常，都是极少部分人在做的事情，不像现在大家都想做生意。"

是因为生存的压力才让他放弃了读书的念头。他一心赚钱是为了还债，他东拼西凑借"巨款"4000元盖了房子。虽然他是家里最小的孩子，但早已承担起老大的责任，"想赶快还上钱以后再去上学。"他是当地第一个申请个体营业执照的人。

1982年，张志峰赶上了好时光。他曾说："在工厂干活一天赚两块钱，自己做一天能赚八块到十块。"受母亲影响，张志峰从小就对缝纫很在行。"我做喇叭裤的技术特别好，一剪到底，只收5毛钱。还常常去外地进一些大家没有听说过的面料。"日积月累，张志峰成了当地小有名气的裁缝，甚至引得俄罗斯人也前来订购服装。

那时，民间的边境贸易刚刚活跃起来，不少俄罗斯人看上了张志峰做的衣服，甚至批量订购，张志峰是中国最早做皮草皮夹克生意的，服装款式、制作手法均别具一格。与俄罗斯的边境贸易往来，帮他积累了第一桶金。

之后，张志峰承包了一家服装厂，开始在黑龙江牡丹江和浙江海宁之间奔波，生产皮衣销往俄罗斯和国内市场。他清楚地记得，那时从牡丹江到上海坐火车需要39个小时，坐硬座要一天半，有时还得站着。虽然和货品贸易相比，服装的利润要薄得多，但他也看到了这门生意的好处：量大，需求稳定。一年后，服装加工厂的规模已达到300多人。

至1992年，张志峰已经不再局限于做服装生意，开始将业务扩展到酒店、商场等多个领域。他的公司旗下最多曾涉足16个产业领域。

从代工赚钱到品牌烧钱

作为第一批走出去的生意人，张志峰最先感受到中西品牌的差异，

"我去美国的时候才知道,同样是自己生产的服装,价格却相差 8 倍。"欧美国家的游历,让张志峰见识了一种更为规范的商业运作。

原本张志峰觉得自己做贴牌的日子挺好。"我们主要是帮人代工,就等老外来下单,下单以后自己做,做完以后还感觉不错。"可是当他亲眼见到"同一个产品贴上不同的商标,卖的价位就是不一样"时,心里不服气了。于是,张志峰一边做服装一边开始研究国外的品牌。他说:"我在美国买一件衬衣要 200 美元,要我做的话顶多 15 块钱,就是一个布料钱。人家说这个品牌是欧洲的,就是卖这么贵,那我们就去研究欧洲的品牌。"他带着疑问开始闯入壁垒森严的陌生世界。最初他四处碰壁,欧美的奢侈品行业对外封锁严密。当对方询问"什么品牌"时,他如梦初醒。

张志峰在欧洲用 5 年时间去摸索百年品牌的发展史。他比较了中西差异,并汲取二者精华。"我特别喜欢研究历史,我们的优、劣势在哪里,应该保留什么,摒弃什么。慢慢地这样就形成了自己的定位。"回国后,张志峰决定走一条中国品牌的全球化之路。

1992 年,张志峰注册了"NE·TIGER 东北虎"的品牌,将眼光投向世界。"NE·TIGER 东北虎"相继在法、意、美、俄、中国香港地区设立了全球设计营销中心,开始了独立打造中国时装国际品牌的历程。

"我们产品的原料、设计、采购都是全球的,只是品牌没有国际化。我从国外回到国内,就是为了先在中国扎好根。"海外设计营销中心的设立,使"东北虎"拥有最前沿的设计,敏锐地把握全球时尚趋势,真正实现"融汇古今、贯通中西"的设计理念。

1997 年,"NE·TIGER 东北虎"在哈尔滨中央大街成立了当时亚洲最大的皮草形象店——"东北虎皮革世界",这对他来讲是一个转折点,由当时的小裁缝变身大牌企业家。他也诠释了品牌的内涵,"什么叫好的品牌,好的品牌就是要做精。"

张志峰开始全面调整公司战略和定位,精简了很多与服装不相关的行业,回归到他最喜欢的主业上。他放慢了脚步,不再简单追求大和强。"过去我们强调的是人多量大,厂房多。最多的时候我有 8 个工厂,8000名工人。"但他已经意识到"扩大生产规模,增加厂房、人员,不是品牌所要求的"，于是公司调整方向，集中核心力量做品牌，"能让别人做的就让别人做，用现在比较流行的话来讲，就是实现轻资产的经营模式。"

从中国元素到自创品牌之路

张志峰一向喜欢研读、梳理历史，他认为中国本土奢侈品并不缺少奢侈的元素。古代的丝绸、茶叶与瓷器等均是国际市场上的奢侈品，然而近代以来中国的奢侈品发展出现了断层；西方则不同，不但社会文化承接顺利，而且其设计师的培训教育一脉相承并自成体系。

张志峰现在要做的就是寻找过去，传承未来。"作为一个服装设计师，我努力创建一个中国品牌，也一直致力于中国奢侈品文明的复兴与新兴。"为了实现复兴梦，张志峰去复旦大学学习哲学，还扎进北京大学学习历史，如今他又迷上了国学。而著名造型师易茗曾这样评价他："在中国坚持做品牌很困难，很多设计师都会摇摆，或者走另类风格，或者复制国外风格，而张志峰一直在坚持中国风很难得，这可能跟他研究国学有关系。"

复兴与传承背后的故事数不胜数。张志峰时常带着同事去可能隐藏着民间高手的小村落调查，希望请到织造大师"出山"。

被誉为"织中之圣"的缂丝绝艺是"国宝级"的织造工艺，已有 4000 多年历史。张志峰花费数年寻找到两位"国宝级"的缂丝织造大师。如今，公司创制出融汇七种缂丝工艺的《鸾凤双栖牡丹》华服被首都博物馆珍藏，这是中国自主品牌首次获此殊荣。

张志峰希望通过自己的努力，尽可能将千古绝艺保护并传承下去。公司同事曾在苏州寻访了 20 多位老艺人，她们自幼便开始学习刺绣，岁数加起来总共有 1572 岁，可谓"千岁绣娘"，其中最长者已 95 岁高龄。这些人不会画画，有些甚至连字都不会写，可她们就是有刺绣的灵气。"那位 95 岁的老奶奶，穿针都不用眼睛看，拿手一捻就穿好了。"

除了寻找面临失传的绝技，实现"融汇古今、贯通中西"的设计理念，张志峰在品牌自创这条路上付出的艰辛远不止于此。

10 年时间张志峰已经投入 3 亿元，但他说："三个亿是肯定不够的。"

任何短期行为都无法造就百年品牌。"做品牌不能一蹴而就，你一定要放长线。"直到现在，张志峰仍未后悔选择走自创品牌之路。

对话企业家

数字商业时代：你 18 岁就创业，为什么？和家庭有关系吗？

张志峰：1982 年我开始创业的时候和时代大背景相关，那时是被迫的。我父亲是个资本家，"文化大革命"期间被劳改下放，红卫兵就把我们家的房子给拆了。挖地三尺，因为有人举报我们家地下藏了东西。房子都拆迁了，还有人往下挖。

人无立足之境，我们当然要改变这种环境。家里决定翻盖房子，大概花了 4000 多块钱，都是借亲戚朋友的，30 元、50 元那么凑的，那时候所有的人都靠那点工资生活。

我印象比较深的是有一次过春节，亲戚朋友们要过节买年货了来要钱，那时候看着我妈妈就是拿不出来。所以妈妈帮别人做衣服特别多的原因，就是还人情，很多衣服都是白做的。冬天我母亲摆摊做衣服，我看见妈妈戴的手套露出手指，冻得通红。所以我从小就跟别人不一样，比较顾家。我是儿子，有责任为这个家多承担一点。等高中毕业了，我就想赶快把借的钱还了，再去上学。现在回头看，算我运气好吧，但当时没感觉。

数字商业时代：早期创业时，曾经从事过 16 个行业，你当时是一种什么样的心态？

张志峰：那时候没有方向和目标，什么赚钱做什么。以后慢慢才知道，不但要赚钱，还得有个好企业，慢慢有个好企业，还得有个好品牌，这些经验都是随着企业不断发展，不断成长慢慢累积起来的。

数字商业时代：做品牌挺烧钱的，10 年投入 3 亿元，花那么多钱值不值得啊？

张志峰：这是必需的。打比方说，咱们去美国怎么去啊，开始只能坐船。坐船能到，但是要花很长的时间，所以你还可以坐飞机去。没飞机你就得造啊，那造飞机你想不花钱？相比之下还是觉得坐船便宜，那就还坐原来的船吧。所以品牌这个东西，是让你走得更快一点，更好一点。所谓

"上兵伐谋"，就是如此。

数字商业时代：自己做品牌的压力很大吧？

张志峰：你要认为是压力，它肯定是压力，你要反过来认为这是动力，那就是动力。我们深入研究国外的奢侈品品牌后，发现它也没什么了不起，一百年前也不过如此，也就是最近 50 年发展比较快。但是首先你得了解它，因为隔了千重山、万重水，望过去，它一定显得很了不起。很多国外品牌是具有时代性的，中国缺乏那样的时代过渡。人家先走一步，那会儿你还在睡觉。

陈发树：我的慈善我做主

> 财产生不带来，死不带走。我现在拥有这些财富，只是让我比别人幸福，但我绝对用不了，应该怎么处理？
>
> ——陈发树

陈发树，福建泉州市安溪县祥华乡福洋村人，中国著名企业家，新华都实业集团创办人及董事长、武夷山旅游股份副董事长、紫金矿业董事。2009 年胡润百富榜中，陈发树以 250 亿元人民币的个人财富位列第 15 位，2009 福布斯中国富豪榜中，陈发树以 218.5 亿元人民币的个人财富位列 11 位，为福建省首富。

光明地做善事

邵逸夫说："一个企业家的最高境界是慈善家。"盖茨说："慈善让我富有成就感。"而在陈发树看来："财产生不带来，死不带走。我现在拥有这些财富，只是让我比别人幸福，但我绝对用不了，应该怎么处理？"早在 2009 年，新华都集团董事长陈发树就已宣布将个人持有的价值 83 亿元人民币的有价证券捐赠给新华都慈善基金会。陈发树说："在壮年时候捐赠，有一份独特的人生体验，可以一边享受捐赠的快乐，一边享受工作赚钱的快乐。"

很久以前，陈发树这位公众人物常常习惯躲在幕后，而让职业经理人唐骏高调站到台前。如今，他却突然高调做起慈善，惹来一片质疑之声：有人质疑他哗众取宠；有人质疑他做慈善是为了逃税；还有人质疑他是在巨骗……对于外界的种种质疑，陈发树则十分坦然。他说："我之所以这么高调地站出来做慈善，就是希望在大家的共同努力下，来改变社会对企业家的一些偏见，也希望更多企业家能够站出来，开心、光明地做善事。我相信时间会证明一切。"

新华都慈善基金

"新华都慈善基金"是目前中国规模最大、个人出资的民间慈善基金。资金全部为陈发树个人所持有的流通股股票，包括紫金矿业、青岛啤酒、云南白药等。陈发树说："我从小贫穷，但一直都有做慈善事业的想法。早在 1992 年，安溪通往厦门的'龙门隧道'开始修建，我就捐赠超过 33 万元。这一数字不多，但我当时的全部财产也就几十万，这几乎相当于我个人的一半资产。"

当被问及 83 亿元背后的驱动力时，陈发树很是轻描淡写地说："也没什么特殊的事情，我一直觉得自己是个很幸运的人，出生在农村，书才读到小学四年级，若不是改革开放、政策支持，又得到那么多人的帮助，我也不可能会拥有今天的财富。钱留给孩子那是负担——做得好，是老爸的功劳，做不好就成了败家子，还不如做个慈善基金。至于金额，我平时没什么特别需要花钱的地方，早睡早起，也不爱应酬，这并不算多。"

其实，不管外界如何质疑，当新华都慈善基金正式运作的那一刻，陈发树就是实实在在地为中国慈善事业贡献了一份力量。不可否认，"新华都慈善基金"分别和福建安溪县、云南泸西县、江西宁都县等 10 个县签订了建立希望小学与希望中学的合作协议，同时与北京大学、中国传媒大学、福州大学、厦门大学等 20 所高校签订了设立新华都奖学金的合作协议。

至今，质疑声似乎还在继续，但陈发树只做自己认为正确的事情。他说："年轻的时候没想那么多，我只想通过自己的双手创造财富。我自己觉得很勤奋，开始创业那 20 年，每年除了大年初一，其他时间都在奋斗，那时候对财富的渴望很简单，有一所房子，一辆车，最好还能环游世界。这些梦想很多年前就已经实现了，我就开始想为社会做些什么。以前，能力小，我修路、种树；现在能力大了，我就想把慈善当作事业来做。"

陈光标：不愿在巨富中死去

> 我是一点都不在意他们感恩不感恩，我不是因为需要他们感恩才去帮助他们的，因为我怀有强大的感恩社会的心理，感恩于好的政策成就了我，感恩于好的法制环境，另外也要感谢我们员工的辛勤创造，如果没有这些感恩和感谢，我陈光标现在还在家里种二亩地呢。
>
> ——陈光标

陈光标，祖籍安徽，江苏泗洪人，江苏黄埔再生资源利用有限公司董事长。有"中国首善"之称。他微胖、戴眼镜、喜欢穿西装，他高调行善，比如"裸捐"、捐赠现场的"钱墙秀"，在很多人眼中是背离常识的作秀。而对这一切，陈光标则坦荡地说："做好事就要大张旗鼓地宣传，这是我父亲告诉我的。"

在巨富中死去是一种耻辱

要问中国最忙的老板是谁？那肯定不是江苏黄埔投资集团（以下简称黄埔投资）董事长陈光标，但你要问一边忙工作还一边忙着做慈善的老板是谁？陈光标肯定位居前三甲。

有员工曾"统计"过陈光标的电话：一半为工作，一半为慈善。有趣的是，陈光标将黄埔投资大约50％的利润也捐给了慈善事业。高调的捐赠让陈光标挨了不少"板砖"，但陈光标不以为意，他如是说："在巨富中死去，是一种耻辱。"陈光标所恪守的中国式财富观，就是"财富如水，如果你有一杯水，你可以独自享用；如果你有一桶水，你可以存放家中；但如果你有一条河，你就要学会与他人分享。"

如果不是"5·12"汶川地震，陈光标仍然是不为众人所知的，而正是在汶川地震中慷慨解囊，陈光标的名字被迅速"传播"。童年的穷困让陈光标更能理解那些需要帮助的人，当被人质疑高调作秀时，陈光标甚至说出了这样的话，"如果你不服，就来和我争一争'中国首善'这个称号吧。"

中国首善陈光标，他懂得上善若水，饮水思源。陈光标做的是绿色经济，追求的是企业与社会的双赢。他内心有一个坚定的信念：造福别人才能令自己快乐，而他人的信任则是财富的源泉。

2009年，黄埔投资的净利润是4.1亿元，而陈光标捐出了3.13亿元，对每一个证书，陈光标都很看重，从1998年做企业至今，陈光标的各种证书摞起来高达5米。他曾说："我总共也不过捐了13.13亿，我认为中国的企业家捐20亿、30亿的都有。哪怕只帮助别人100块钱，必须要到处说，做好事为什么不说？从小到大，我一直都是这样的个性。"

坚持"作秀"十几年

10岁的陈光标赚到了人生的"第一桶金"。利用午休时间，陈光标从井中提水挑到1.5公里外的小集镇上卖，1分钱随便喝。当时，年幼的陈光标一中午的收入与一个壮劳力半天的工钱相同。虽然无从探知年幼时的陈光标是否树立过远大目标，但"坚忍"似乎已经成为他品格的最好诠释。

有人说陈光标傻，有人说陈光标疯，可无论听到哪一种评价，陈光标做慈善的决心都不会动摇。而真金白银的给钱方式，陈光标也会一直坚持，不过，他更大的"野心"是要促进中国的慈善立法。

如果说是作秀，这个秀陈光标已经坚持了十几年。从1998年赚20万元就拿出3万元帮助白血病女孩，到2009年捐助3.13亿元，从过去用企业20%～30%的利润做慈善到现在超过50%的利润做慈善，这些都是属于陈光标自己的坚持。

偶尔的捐款、慈善人人都能做，但始终如一坚持下来的人却不多。对

于陈光标而言,也许除了坚持,还有一种信仰在支撑着他。在陈光标眼中,他的下一个目标是"将来会全部或至少90％以上捐给社会"。

"2010这一年,我很忙碌,却很踏实、很快乐,因为我又通过我的努力帮助了许多需要帮助的人!我今后的使命,就是要坚持诚信做企业,坚持守法经营,致力于发展循环经济、环保经济,变废为宝。勇敢承担起公益慈善、环境保护等更大、更多的社会责任。要永远记住胡总书记的话,一方有难,八方支援;要永远记住温总理的话,身上要流淌着道德的血液,不要只流着利润的血液,做一个有良知、有爱心、有感情、有灵魂的企业家,为建设社会主义和谐社会作出更大贡献!"

对话企业家

数字商业时代:你高调做慈善,出于什么样的考虑?

陈光标:我捐了十几个亿,跟普通老百姓捐的10块钱是一个道理,我捐的是我的理想,我想要影响和带动更多的人,靠我的行动来影响带动更多的人去回报社会。这是我高调做慈善的目的。

数字商业时代:你的家人对你这种做法持什么样的态度?

陈光标:不是一家人不进一家门,我捐了十几个亿,我父母、夫人、孩子都大力支持我,没有因为我捐款而吵过一句。我超过两个月不捐款,他们还提醒我。

数字商业时代:你之前说以后会"裸捐",这跟家人商量过吗?或者说你对家人有在"裸捐"之外其他的安排吗?

陈光标:首先我承诺"裸捐",我讲到一定会做到。应该说我的孩子综合能力特别强,我在我孩子身上看到了一种希望。我不会给我的孩子留下什么东西,希望他从零起步。

数字商业时代:你做慈善有没有自己的规划?还是主要集中在一些突发事件上?

陈光标:我是救急不救穷,不带有目的性、交易性。不在经营的地区做慈善,而是全部捐到穷的地方去,那叫慈善。

数字商业时代:那些需要帮助的人的信息,你们公司有核实吗?

陈光标：都会有。我们有团队专门做这事，叫做慈善基金部，有 13 个人。

数字商业时代：你现在名声这么大，肯定会有很多人向你求援，那你是怎么去选择的？你拒绝过哪些求助的人吗？

陈光标：每天我收到的求助信有五六百封，在求助方面我不愿意讲得太多，讲得太多会影响其他企业捐助，因为里面什么样的人都有，到你公司跪下来抱着你腿不让你走的都有，有的时候你给他两三万，他会当着你的面甩在地上，说你这么大的慈善家，你是面对镜头的，怎么捐这么少，你都是上亿的捐，怎么才给我两三万块钱，什么样的人都有。我总结一句话，我说我帮助的 80% 的人不懂得感恩。

数字商业时代：你非常在意他们会不会感恩吗？

陈光标：我是一点都不在意他们感恩不感恩，我不是因为需要他们感恩才去帮助他们，因为我怀有强大的感恩社会的心理，感恩于好的政策成就了我，感恩于好的法制环境，另外也要感谢我们员工的辛勤创造，如果没有这些感恩和感谢，我陈光标现在还在家里种二亩地呢。

数字商业时代：你做了那么多的慈善，你自己获得了什么？

陈光标：我自己获得了快乐，晚上睡觉都笑醒了，就从床这边滚到那边，从那边滚到这边，有的时候滚到地上去了。

数字商业时代：我们也非常关心你的企业经营模式，你是靠什么来挣钱的？

陈光标：这是全社会关注的焦点，我以前没有多说，以前感觉做房屋拆除丢人，所以很少谈。我们没有第二个业务，我们主要是做房屋拆除，现在是中国最大的环保拆除公司，也是中国唯一一家能把建筑垃圾二次利用的公司。我再给大家透露一个信息，这个业务容不容易做？不容易！我有 95% 的业务来自于二手，一手我拿不到，背后的"潜规则"大家知道，我严格要求自己，歌厅、夜总会我没有去过一次。同时，我没有给任何领导送过礼物，送两条领带、两瓶酒、两条烟有，但是超过 1 万块钱的东西从来没有过。我今天高调做慈善的原因经得起检查。

数字商业时代：你现在这些资产，是拆了多少拆来的？变形金刚是你

自己研发的技术吗？

陈光标：它是德国进口的，可以在网上看到，大的变形金刚，在这边把建筑垃圾往里面一放，一边出来的是剥离的废旧钢筋，另一边细灰就搅拌成一种材料，可以做成砖头了。

数字商业时代：你现在还是在做这个业务是吗？这是你公司的主要盈利点吗？

陈光标：是的，主要在广州、上海、浙江、北京、天津、山东、河北这几个省市，哪边有拆除，就把这个变形金刚设备开到哪里，不可能把建筑垃圾拖太远，那油费还不够。

数字商业时代：这个变形金刚是不是在国内就你们一家公司有？

陈光标：对，没有第二家有的。

数字商业时代：这个变形金刚是多少钱？

陈光标：变形金刚是400万～800万元人民币一台，因为有的是生产砖头的，还有的颗粒不一样，就像手机有几万块钱的，也有几百块钱的。

数字商业时代：你在国内有竞争者吗？

陈光标：现在建筑垃圾包围我们每个城市，建筑垃圾埋在土壤里面，污染土壤，占用耕地，对地下水都有污染，只有我把它二次利用了。

数字商业时代：你对外做了很多慈善，那对自己的员工有没有一些好的福利措施呢？

陈光标：我的员工福利在中国企业里面，排在前十位是没有问题的。

数字商业时代：你的财富到多少亿或者你到多少岁要退休？你有这个计划吗？

陈光标：我这个人闲不住，我闲两天马上浑身都有病，每天必须把时间都用上，早上7点钟起床，凌晨2点钟睡觉，每天都是这样。

数字商业时代：你个人有宗教方面的信仰吗？

陈光标：我没有具体的宗教信仰，我只信好人一定有好报，善有善报，恶有恶报。

第六章 特色企业家之路

李书福：现代气质的企业家

> 奥巴马上台跟我有什么关系啊？但是我也流眼泪了，因为我觉得他不容易。我们有这个经历的人，都明白，要做一件事情有多么艰辛。这个跟个人经历都是紧密联系的。
>
> ——李书福

李书福，1963年出生于浙江省台州市路桥区，吉利集团有限公司董事长、浙江吉利控股集团董事长。身为吉利集团创始人，浙江草根经济的代表人物之一，李书福涉猎过不少行业。1997年，他以仅仅10亿人民币进军汽车行业，造出百姓买得起的吉利轿车，以一己之力挑战国家行业准入制度。

准确偏执才能杀出一条路

早在2009年9月初，境外媒体纷纷公布，吉利汽车已成为福特公司沃尔沃品牌的正式竞购者，媒体推测吉利很有可能上演一场"蛇吞象"的惊人收购，而吉利控股集团董事长李书福对此早已了然于胸。十多年来，吉利汽车从无到有，浸满李书福的血泪。

1996年左右，李书福买了几辆奔驰新车，又到"一汽"弄来了红旗的底盘、冲压件、发动机等主要组装件，造出了第一辆车。浙江省机械厅对此严厉批评："胆量这么大！造轿车是由国家政策严格限制的，你不能搞

的。"而李书福对此却从未死心,他又去国家机械部,得到了汽车行业是"国家垄断"的回复。

李书福终于明白造汽车必须要上国家"目录",最终,他找到停产的德阳汽车厂,直到1998年,吉利才在临海建成了第一个轿车生产基地。至1998年,第一台吉利"豪情"轿车完成下线,下线仪式发出去700多张邀请函,一些领导很担心,都不敢来。一个台州农民要造汽车,社会上一片质疑、责难甚至警告之声。

对于这些,李书福置之不理,在一次对吉利工厂的视察中,他鼓足勇气对当时主管工业的一位中央领导说:"你能不能给我一个失败的机会?"当时,这位领导说"这个车看着还像样",李书福心里的一块石头才算落了地。

一位了解他的台州企业界前辈这样评价李书福:换成旁人,可能早被唾沫淹死,但他是李书福。因为他的"疯狂"和不顾一切,他硬生生在艰难的自主品牌汽车领域杀出了一条血路。

李书福曾坦承自己有哭过,他说:"奥巴马上台跟我有什么关系啊?但是我也流眼泪了,因为我觉得他不容易。我们有这个经历的人,都明白,要做一件事情有多么艰辛。这个跟个人经历都是紧密联系的。"

"改头换面"摆脱低端形象

即使李书福希望通过并购来增加吉利汽车品牌和技术的含金量,事实上,李书福收到的"被怀疑"比"被认可"要多得多。对此,李书福并不在意,这位"光脚"的草根企业家很久以前就准备"穿鞋"上岸了。

李书福清醒地知道:"过去吉利给人们的印象是低价、打价格战的中低端车型,现在不是了,帝豪就是吉利汽车的中高端品牌。我们一定要造环保、节能、安全、舒适的车。"李书福追求的是"为老百姓做最好的车"。

在一次媒体发布会上,李书福曾一脸严肃地宣布:吉利将不再生产"4万元以下廉价车型"。为了品牌升级,他不惜付出近8亿元的代价,将曾经诞生过吉利第一辆整车的浙江宁海生产基地所有生产线和厂房全部淘汰,原来的老产品三种车型,全部停产。他说:"宁可停产老车型,也要保证帝豪的生产。"

早在帝豪两厢车型 EC7-RV 在广州车展期间上市后,曾有人预测吉利对于帝豪的月销量目标为 1.2 万辆。而结果如何呢? 2009 年 1~9 月,吉利汽车累计实现销量 22.3197 万辆,同比增长 35%,全年销售有望超过30 万辆。吉利集团公布的 2009 年中报显示,上半年总收入 59.49 亿元,净利润增长 145% 至 5.96 亿元。作为吉利集团的核心人物,李书福的强势地位不容置疑,而事实也往往证明了这位"狂人"的商业智慧。

有人说,李书福能走到今天,与他"偏执"的性格关系密切。事实上,"冒险"与"疯狂"是李书福与生俱来的基因。从 120 元钱起家到成为中国富豪榜上的前 30 位,可以说李书福做的每一件事都很"疯狂",也证明了他的商业成功。

李书福曾写过一首诗叫《力量》:"力量在风中回荡,奇迹在蓝天下闪光。坎坷的道路承载着我们的理想,要坚实地伸向远方。"李书福坦言,"尽管有些后悔踏上这条汽车之路,不过,既然已经担起了那么多的责任,就不能说不干就不干了,所以要沿着这条路继续走下去。"

现代气质的企业家

"汽车不就是两个沙发加四个轮子。"曾经"口出狂言"、被称为"汽车疯子"的吉利控股集团董事长李书福,如今,却很难再听到他的"疯"言"疯"语,相反,他已经将旗下的吉利汽车治理得颇有国际化风范。

从 19 岁时的小照相馆老板到 21 岁的冰箱配件厂老板,从 23 岁的北极花冰箱厂老板到 26 岁的装潢材料厂老板再到 34 岁的吉利摩托车、汽车集团老板,46 岁(2009 年)时的李书福将吉利带到"世界名牌"的门口。吉利不动声色地将澳大利亚自动变速箱生产商(DSI)收入囊中,这是吉利继 2006 年成为英国锰铜控股公司最大股东后的又一次跨国并购。这个曾经孤注一掷的民营造车者,开始把他的公司称作"真正的国际水平的汽车公司"。

而人们不会忘记 2010 年 8 月 2 日这一天,为什么? 因为在这一天李书福完成了对福特汽车公司旗下沃尔沃轿车公司的全部股权收购。对于每一次海外竞购,李书福都有清晰的认识:"任何海外并购都是有风险的,没有合适的就坚决不做。而且并购要根据企业的自身实际情况,不能因为便宜就去并购,这样风险会很大。"在李书福看来,"在确保自主创新的前提下,通过收购外企达到'洋为中用'的目的,也是不可或缺的,毕竟世界已经进入了地球村时代。"吉利这次的收购成功,也成为了中国汽车工业的一件大事,这既是中国汽车工业对外开放的一次新的重要实践,也是中国汽车工业从"引进来"向"走出去"过渡的标志性事件。

从 1996 年开始,李书福用"蚍蜉撼大树"之力,努力在"计划经济的活化石"——中国汽车工业中开垦出一片天地。以体制外的民企争取在垄断行业获得一席之地;从被别人的技术牵着鼻子走到努力自主创新;从草根出身的商人力图蜕变为具有现代气质的企业家,这正是中国众多民营企业家走过或正在走的路。

赵勇：要做就做最好

> 受母亲的影响，我在做事情的时候都会习惯想得远一点。以金宝街为例，我们常说自己在做王府井旁边的一条街，如果只是把它做成住宅卖出去，也能赚很多钱，但无形中就把这条街的价值降低了。所以我们当时就把很多住宅都改成商业。打造世界品牌商街，当然投入会更多，压力会加大，挑战也会加剧。
>
> ——赵勇

赵勇，北京人，1981年毕业于北京大学。1983年在深圳的政府部门担任公务员。1989年定居香港。1990年进入富华国际集团任总裁，主理北京市场。重点主理项目：长安俱乐部、丽苑公寓、金宝街、紫檀万豪酒店。

赵勇对于成功的定义很简单：只要专注去做一两件事即可。

要做就全力以赴

赵勇心中不无感慨地说："每当站在位于金宝大厦顶层的办公室，从窗前俯瞰金宝街，我心里总是会一阵悸动。"作为金宝街开发商——香港富华国际集团的总裁、同时也是在皇城根儿下土生土长的北京人，从1998年正式签约金宝街项目到2000年拆迁的第一锹土，再到如今崭新的金宝街，赵勇亲身参与了这条街的每一步成长。

在赵勇看来，金宝街的光彩只是浓墨重彩的第一笔，真正的考验才刚刚开始。以"世界第十一商街"的目标打造金宝街，将商业地产进行到底——这是赵勇正在进行的工作，亦是一切梦想所在。浸淫商场多年来的打拼，赵勇从未有过张扬跋扈。家庭的影响让赵勇习惯低调、习惯认真、习惯回报社会、习惯用家族特有的商业眼光做事。

1959年出生的赵勇是有着香港身份的地道北京人。老北京胡同里留下他太多的青春故事。上小学时，赵勇就是学校有名的小运动员，初中就是在体育传统校22中度过的。他回忆说："22中的训练相当严格，每天除了上午正常的专业课外，下午还要到东城区体校田径队接受专业训练。每天十几个400米下来，累得躺在地上动都不想动。后来见到教练就紧张，看到跑道就觉得累。当时我就和母亲说，我不想练了。"赵勇说，"母亲感到很意外，生气地说，如果不能坚持，你就是逃兵。"

母亲的话给他莫大的刺激。从此，他暗下决心，一定要练出个名堂。他便成了田径队里最刻苦的队员。无论是风中还是雨中，在22中的体育场上，总能看到赵勇矫健的身影。功夫不负有心人。1976年，16岁的赵勇在北京市中学生运动会上一举夺冠，并创造了60米短跑北京市中学生纪录。"那一段时间，培养了自己的意志、品质，我只有一个念头，不能当逃兵，要敢于面对挑战，勇于竞争。"赵勇说。1978年，赵勇以优异成绩考上北京大学经济地理专业。

1983年，毕业后两年的赵勇南下深圳在政府供职，2年后留学日本，4年后定居香港。

1990年，赵勇结束了在深圳7年的公务员生涯，接受母亲陈丽华（香港富华国际集团主席）的邀请，正式入职富华集团的管理层，以集团总裁的身份负责北京市场的开发。

"我们是家族企业，当时姐姐妹妹都在为家里出力，作为男孩子，家里更希望我能作出些贡献，为家族的发展，我选择了辞职。"赵勇说。

第一个大项目

长安俱乐部是赵勇接到母亲交给他的第一个项目。赵勇说："在外边转了一大圈，终于还是回到北京。在接手长安俱乐部项目的时候，自己就是想做好一件事，就像以前执着地练习跑步一样，希望通过这个项目向同行证明自己，让家人认可我为家里作出了贡献。"

作为长子的赵勇，继承了母亲的这种性格。在一向浮华喧嚣的京城商界，这位被称为"少帅"的商界新贵，同陈丽华一样，一直保持着踏实做事、不事张扬的低调作风。在俱乐部的建设中，很多时候工人们都去休息了，赵勇却依旧会忙碌到深夜，仔细审核着当天的工作进度和每个施工细节。

赵勇说："有一次都到凌晨两三点钟了，我还没回家，母亲急得赶到工地去找我，她说当时看到一个穿工作服的人用安全帽盖着脸睡在台阶上，拿开安全帽一看，就是我。我做事喜欢专注、努力，如果说除此之外工地上还有什么吸引我的，那就是我很喜欢工地上泥土的气息。"

商海第一课

十里长安街，是国人心目中特殊的神圣之地，拿这块神土"开刀"——在建国门外的核心地段兴建高级商务俱乐部，这在当时多数保守派看来是难以想象的一件事。

两个商业因素制约和阻碍了项目的可行性。一方面，近5000万美元的总投资即便在今天也是少有的大手笔，高投入必然伴随着高风险；另一方面，以国内外商界贤达为服务对象的全功能高级商务会所的市场定位，在当时的北京市场前所未见，一旦失败代价是巨大的。

1992年，在长安俱乐部破土动工之前，赵勇认为相较香港等地，俱乐部会所对当时的北京而言还是市场空白。因此，赵勇实地考察世界各地的会所后，决定上马长安俱乐部。然而命运多舛让执着、认真的人先承受痛苦，再迎接欢乐，赵勇的长安俱乐部项目就被老天戏弄了一把。

至1994年，当长安俱乐部项目正式落成之后，其内部的豪华装修已耗资数千万元人民币。此时，富华集团内部并不具备高档俱乐部的运营经验，因此赵勇四处寻找合适俱乐部的管理公司，最终敲定美国一家管理全球100多家专业会所的知名管理公司。

"当我邀请对方参观完俱乐部后，他们却告诉我：'赵，这里不是会所，而像是餐厅。如果请我们管理的话,你必须重新装修。'对方认为,这里的硬件设备确实很好,但是会所的软件设施也是非常重要的。在会所建设前,就应该找到管理公司,共同设计会所的风格。先设计后找管理公司的步骤是最大的错误。全部拆了重做,我们会损失数千万。"

对赵勇来说,这无异于当头一棒,数千万元投入就这样打了水漂。对于很多企业家来说,损失数千万元难以接受。但是,这样的失败却没有让赵勇选择平衡的方式解决。

"直面损失,即便再增加投入也要将事情做好。"赵勇经过思考,接受了管理公司的意见。

这就是赵勇进入商界"第一课"所付出的学费,但他绝不后悔自己的选择。正如他所说:"如果当时没有进行改造,创出自己的特色,长安俱乐部也许会像京城许多会所一样从人们眼里消失。"昂贵的学费让赵勇学会了重要管理经验,"项目能否被社会承认的关键,是找真正能管理的人来经营,将所有权和管理权分开至关重要。"

北京人的街坊

自 2005 年金宝街初具规模开始,打造世界级商街就成了赵勇的一大心愿。而今,有人说比起富华集团,金宝街的名字要更响亮一些。赵勇已把当年的寻常胡同、低矮平房和狭窄小巷变成了如今与美国第五大道、巴黎香榭丽舍大街、英国牛津街、日本银座商街等国际知名商街等量齐观的"世界第十一商街"。

在赵勇看来,让金宝街形成高端商业物业的商圈氛围,定位纯粹高端消费人群才是制胜的根本。"以坐落金宝街的金宝汇为例,当初金宝街引入商家的时候,有些入住金宝汇的品牌都是进入即开业的,而这时商场还没开业。"

赵勇的目标是步步为营,打造一条国际标准的高端商业街。首先以得天独厚的商街位置吸引消费群,在此基础上打造各种类型的商业物业,包括酒店、写字楼、购物中心和会所,这些项目品质和谐,功能互补。最后,为这些项目确定高标准的企业与品牌用户,以此服务和聚集目标人群,形成金宝街的独特文化。"那就是以中国文化精髓为基础的'兼容并蓄、海纳百川'。"

但是,北京高端百货业的竞争激烈程度显而易见,既有燕莎、赛特等老牌百货,又有新光天地、连卡佛、国贸等新兴商场,金宝汇的定位是否更高,这样的选择能否体现出金宝街的商业优势?赵勇认为,如今的市场环境决定了每家商场都会有一些雷同的品牌,而金宝街的商业核心即金宝汇的概念是打造"精和新"。"别的商场拥有的品牌,在金宝汇这里都是旗舰店或者精品店。"

无论是金宝汇还是金宝街,都更加注重文化精髓,无论是外来的还是中国传统的,在这里都能找到。赵勇显然更愿意让客人感到商业之外的一些心灵上的享受,"文化艺术与时尚奢华的融合,这是一种生活方式。"赵勇理想中的金宝街商会就是一个大家庭,充满亲切、和睦的气氛,商户之间是邻居,也是朋友。他曾说:"这就像我们北京人的街坊。"

对话企业家

数字商业时代:感觉你做事非常认真、严谨,这种性格会在管理中有体现吗?

赵勇:也许是从小受家庭影响的原因,我做事比较严谨、认真。在管理中这点体现得比较多,力求完美。例如我就任长江商学院校友会会长之前,我总担心自己会做不好,因为同学们都太优秀了。后来学校和校友们都频繁找我谈话,在推脱了两次之后,经过慎重思考,才决定做这个会长。但当我做了会长之后,现在几乎90%的时间都用在了校友会的工作上,自己的工作多放在了闲暇时间。对我来说,要么不做,要做就争取做到最好。

数字商业时代:家庭熏陶对你的成长起到什么样的作用?

赵勇:从小家中的长辈做得都很出色,对我来说有很多的影响,久而久之,我的做事风格就会效仿长辈。像我母亲做的紫檀博物馆,她一生就追求紫檀的文化艺术。但她做这个不是以盈利为目的的,而是做一种文化。这虽然需要付出很多的辛苦,付出很多的金钱,但我的母亲曾说,我

们做这些东西不是为了卖，而是要去精益求精地做一些产品。这些产品如果我们这代人还能去维持它，就继续管理它。如果以后自己的能力做不到了，那就捐给国家。但捐给国家的不是一些简单的家具，而是一种文化。

受母亲的影响，我在做事情的时候都会习惯想得远一点。以金宝街为例，我们常说自己在做王府井旁边的一条街，如果只是把它做成住宅卖出去，也能赚很多钱，但无形中就把这条街的价值降低了。所以我们当时就把很多住宅都改成商业。打造世界品牌商业街，当然投入会更多，压力会加大，挑战也会加剧。

数字商业时代：之前在政府工作的经历对后来做事情有帮助吗？

赵勇：在政府工作和做企业之间不同，但也有一致。不同在于政府和商业是两回事，照搬政府的做事方式是不行的；相同点在于做事一样要诚信，要认真地去做。

数字商业时代：2010 年 4 月 17 日上午，你和富华集团员工在中国紫檀博物馆广场举行了一场特殊的捐赠活动，向青海玉树地震灾区捐赠御寒毛毯一万条，你是如何看待企业的慈善行为？

赵勇：我母亲曾说："国家有困难，我就应当帮，要心存感恩，业利社会，情系民族。"我也一直认为，钱财是身外之物，生不能带来，死不能带去。只有把金钱用在救民于水火之中，这才是钱的真正价值所在。也只有把钱花在事业与追求之中，这钱才能变得伟大而有意义。企业家不能简单地为赚钱而赚钱。作为一名商人，还要更多地参与社会生活，用自己的实力为社会作一些贡献。

数字商业时代：那你如何看待成功？

赵勇：其实，你的收益、影响力都是在一两件事上体现的。做事不在于多，而在于精，争取在同行业中能够得到认可。我认为成功就是能够专注地做好一两件事情，这就很不错了。

王忠军：娱乐圈中的经营家

> 比如拍《天下无贼》，我管好冯小刚、葛优、刘德华和刘若英就可以了。我的主要任务就是让他们把关系处好。一部电影，前前后后有上千人为它工作。这些人，我根本不认识。偶尔去现场探班，我问冯小刚："怎么样？还需要我做什么？"冯小刚说："没什么，你瞧好吧。"这就行了。
>
> ——王忠军

王忠军，1960 年出生，美国纽约州立大学大众传媒硕士。**现任华谊兄弟传媒股份有限公司董事长**，北京兄弟联合投资有限公司（原华谊投资）董事兼总经理及北京兄弟盛世企业管理有限公司（原华谊广告）董事兼总经理。

娱乐圈中的经营家

马云对王忠军如此评价："我在娱乐圈很少看到经营家，王忠军算一个。"创业板的上市让华谊兄弟这个娱乐品牌炙手可热，即便暴涨之后又大幅跌落，华谊兄弟的品牌却已然在大众的脑子里扎下了根。这一切的操盘手非王忠军莫属。

从 1998 年涉足影视圈开始，13 年间，通过王忠军的运作，华谊兄弟分别占据了中国电影发行、制片市场 30% 和 40% 的份额，据华谊兄弟披露的 2011 年第一季度财报，归属上市公司的股东净利润为 3,665.05 万元，同比增长 263.3%。华谊兄弟顺利发展成中国最大的影视娱乐集团，旗下不仅星光熠熠,而且也形成了一条比较完备的产业链。有人这样概括总结王忠军:善于圈钱、圈人、圈地的经营者。

王忠军从广告公司起家,他有喜欢结交商界朋友的"习惯"。这个"习惯"带给他诸多好处,不仅结交了马云、江南春等一批新生代企业家,也为他的融资以及上市带来了极大的好处。那被人津津乐道的三次漂亮的私募和回购,除了引入新股东,他还从TOM、信中利等其他股东手里回购了部分股权,使得王忠军及其家族拥有的华谊兄弟股份从70%上升到77%。而创业板上市,则让王忠军又有了大手笔运作的空间。

"放手"管理的智慧

跟大多数拼命工作的传统企业家相比,王忠军的生活似乎更多姿多彩。他只管理公司不到10位高管职员,对下属公司的治理,只抓收支两条线,其他的事一概"放手"。在他看来,人才是公司最大的竞争力,他曾说:"华谊兄弟有两大财富,人才储备与资本结构。"

就像在商界朋友中长袖善舞一样,圈住众多大腕明星的王忠军也颇有一套:"你不能硬要帮着他们做什么,这不是你的事情。"王忠军平时上午在家休息,下午到公司转转,他曾说:"比如拍《天下无贼》,我管好冯小刚、葛优、刘德华和刘若英就可以了。我的主要任务就是让他们把关系处好。一部电影,前前后后有上千人为它工作。这些人,我根本不认识。偶尔去现场探班,我问冯小刚:'怎么样?还需要我做什么?'冯小刚说:'没什么,你瞧好吧。'这就行了。"

王忠军自己比较得意的是公司的人才储备,他认为在国内的传媒公司中,华谊兄弟是做得非常好的一家。他曾说:"我觉得这东西都是一种缘分,可能人家觉得和我谈得来,或者因为某一种气质人家愿意跟你合作,利益当然是很重要的了,你愿意去让利给别人,这是一个很大原因。"

在王忠军看来,未来3~6年里,有可能有上百亿美元规模的企业出来。而上市,无疑为实现王忠军"打造中国的时代华纳"大梦提供了更多的可能性。

王传福：低调潜行

　　比亚迪有个"301"的提法，就是以300%的工程师人数换取1%的领先，实际上不可能仅仅领先1%。我们把这些精英绑在一起，以300%的数量与竞争对手对抗，能不领先吗？

——王传福

　　王传福，生于1966年2月15日，安徽省巢湖市无为人，1987年毕业于中南大学冶金物理化学专业，同年进入北京有色金属研究总院攻读硕士，1990年毕业后留院工作，1995年辞职，创办比亚迪公司，短短几年时间，发展成为中国第一、全球第二的充电电池制造商，2003年进入汽车行业，现为比亚迪股份有限公司(1211.HK)董事局主席兼总裁、比亚迪电子(国际)有限公司主席。

　　比亚迪公司在上海700多亩的土地上，有8个汽车实验车间，每个车间都有汽车设计部门，工程师们经常加班加点工作到深夜，因为老总王传福本人就是出了名的工作狂，经常像疯子一样忘我地工作。

　　本科学习时，他开始接触电池，做研究生课题是电池，毕业后在研究院主要研究的还是电池。钻研了"半辈子"电池的王传福专业一点儿都没荒废，执掌了比亚迪后，比亚迪因此也致了富。王传福将致富后的资本准备倾力砸向了汽车。

　　王传福前半辈子电池业的成功人们赞许有加，可是后面的下注看好得并不多，几经打造，2005年在上海车展上比亚迪推出了其最新量产的轿车比亚迪 F3,是第一款以比亚迪品牌问世的量产车,比亚迪 F3 是比亚迪汽车历经 3 年时间精心打造而成的一款中级家庭轿车,目前比亚迪 F3 全国订单数量已经过万。

自 2003 年收购并购秦川,比亚迪出产的汽车从福莱尔,到 F 系列开始下线,造车运动可供考评的内容还并不多,王传福自己也评价比亚迪在汽车领域还是一个边缘化的品牌,但是在手机电池领域比亚迪是一个国际化的品牌,是一个让许多洋品牌"毛骨悚然"的品牌。

据说王传福不知道谁是迈克尔·波特也不晓得谁叫杰克·韦尔奇,与其说是不认识他们,不如说是他认为洋人的那套理论在中国不怎么行得通,他需要的是谙熟中国企业的环境和运作法则,他依旧认为电池业的巨大成功一定能够在他看准了的汽车行业上演!

两个第一

业界认为阿里巴巴这家公司最强大的是企业文化,王传福比马云低调很多,但是这并不影响他成为比亚迪的精神领袖。在比亚迪 15 周年庆典晚会上,王传福感谢所有的比亚迪人,他同时声明:"比亚迪两个'第一'的目标始终不会改变,而且会提前实现。"这两个目标是:"2015 年汽车销量全国第一,2025 年世界第一。"

王传福的武器是比亚迪的劳动大军和聪明的工程师队伍,他说:"这就是我的资本。它比几百亿元的市值更可靠,不会忽高忽低。"正是依靠这些低廉成本的劳动力,比亚迪用最低的成本不断革新技术,创造出了性价比最高的产品。

汽车观察员刘罡曾说:"中国发展汽车工业不缺市场、不缺钱,也不缺人才,缺的就是把这三要素捏合在一起使之发挥协同效应的机制。"而比亚迪正在努力打造这种机制。

不断为员工提供机会

对于成长快速、可做帅才的年轻人,王传福认为激励他们的最有效方式是不断提供机会,为他们创造新的平台。10 多年中,比亚迪的产品事业部从不足十个迅速扩张到二十几个,很多事业部的总经理只有 30 出头。王传福在 2002 年底筹备众多事业部时曾这样许诺,任何一个事业部,如果能做到营业额 30 亿元、净利润 5 亿元的话,就可以从比亚迪股份拆分出去单独上市,团队成员将得到巨大的股权激励。

可以说,比亚迪是有志者的天堂。比亚迪汽车销售公司总经理夏治冰更是比亚迪晋升制度最大的受益人之一。夏治冰是 1998 年北京大学金融专业的毕业生,当时比亚迪是第一个敢进北大招聘的民营企业。王传福亲自招聘,还请很多学生一起吃饭,饭桌上王传福谈的全是想怎么把比亚迪做大,希望同学们能参与到这个事业中来。当时的比亚迪只有不到 2000 人,那一年之后,应届毕业生开始以每年翻几番的数量进入比亚迪,到 2006 年,毕业生的招聘数量已达到 4000 人。

夏治冰进入比亚迪的第一个任务是为锂电池事业部寻找 20 万元的贷款,辛苦地赢得了自己在比亚迪的第一个自信。在被调往比亚迪汽车销售公司之后,夏治冰继续以毕业新生组建自己的团队。正如当年他所走过的路一样,这些新人的第一个任务经常是和一个资产规模达数千万元的经销商去谈合作、做生意。2004 年,28 岁的夏治冰成为中国最年轻的销售公司总经理之一。王传福说:"在比亚迪,人是每一个关键节点、每一种战略打法的最终执行者。对工人,高压、高薪的结合可以对效率起到立竿见影的作用,但对于知识结构高、价值观和自尊心都很强的工程师,这一套是行不通的。只有通过建立文化认同感,让他们追随你的理念。"

重视应届毕业生

刚毕业的学生在比亚迪被委以重任。如果是在国企,他们首先要拧一年的螺丝钉、清理一年车间才可能开始摸车。但在比亚迪,他们一上来接触的就是整车项目,任何核心技术都能接触。比亚迪每年在上海外高桥保税区花几千万元购买全球最新的车型,让这些学生们拆卸,拆完之后要写总结、写报告,车子则报废。各种新车上市一台买一台,其中不乏宝马、奔驰、保时捷这样的名车。一些年轻的研发人员不敢轻易拆卸新车,特别是名贵车型。王传福知道后,二话不说用钥匙把自己的进口奔驰划破,然后说:"现在你们可以去拆我的车了。"

王传福对毕业生的重视,是因为他看到了与跨国公司相比,中国企业的研发优势就是具有大量低成本的研发人员,在 2009 年中期业绩发布会上,王传福曾说:"比亚迪有个'301'的提法,就是以 300% 的工程师人数换取 1% 的领先,实际上不可能仅仅领先 1%。我们把这些精英绑在一起,以 300% 的数量与竞争对手对抗,能不领先吗?"

王传福不迷信"海归"专家,也不喜欢请猎头去高薪挖角,他更喜欢用自己培养的大学生:"中国的学生多聪明,他们缺的只是机会。"

低调潜行

比亚迪董事局主席王传福曾毫不讳言自己的专断说:"厂里还有谁比我懂呢?从比亚迪走过的路来看,我的决策有 98% 以上是正确的!每个工艺的改造都会亲自查看,包括每个项目的设计改造,我也都会一一过问。我还是个技术型的企业家。"

在过去的 2009 年,王传福可谓是名利双收。11 月 5 日,王传福以 396 亿元财富成为继胡润百富榜之后的"双料首富"。王传福个人的财富一年增加了 323.9 亿元,每小时增长 370 万元,财富增长幅度为 449.4%。事实上,整个 2009 年,尽管比亚迪和王传福始终处于媒体的追逐中,但即使是在比亚迪最重要的年度战略车型之一的 G3 上市发布会上,王传福都没有出现——2009 年他在媒体上的公开露面,还是在 1 月份参加美国底特律的车展上。

不过,现在王传福希望能提前实现这两个目标,因为 2009 年已经给了他足够的自信——2009 年上半年比亚迪汽车同比增幅竟然高达 176%,汽车业务也首次占据比亚迪整体营业额比例的 55%。换言之,比亚迪传统燃油车销量再好,也只是王传福前进路上的一枚棋子。他要实现的是一个更大的梦想——新能源产业。在王传福最新的规划里,未来的比亚迪是一个融 IT、汽车、新能源三位一体的"BYD(比亚迪)"。

项立刚：像管孩子一样管员工

> 想要经营好企业，就要先了解你的企业和你的员工，针对不同发展阶段采取不同的策略、方法。在这方面，管理公司和教育孩子是相通的。
>
> ——项立刚

项立刚，中国通信业知名观察家。曾被媒体评为"燕京大写手"、"最佳产业推动者"、"影响中国 IT 业 top100 人物"、"影响中国手机产业 100 人"等。《通信世界》周刊创始人，曾任《通信世界》杂志社社长兼总编。2007 年创办中国通信业专业门户 cctime 飞象网，现任 cctime 飞象网 CEO。

员工也是我的孩子

在飞象网总裁项立刚的博客里，他这样写道："再次创业的路上，我需要朋友们和我同行。首先，我喜欢好品质的人，善良、踏实、富有爱心与同情心，行事端正，不浮不假。否则赚钱干什么，赚钱是让自己愉快，和一个品质不好的人一起工作，能愉快吗？

其次，一定的行业与技术的积累。我也会需要更多的年轻人，不过我们才起步，产品才开始研发，需要真正有整合能力，能理解产品的人。

再次，需要有一份创业的热情，有远大目标，做是为了做一份事业，而不是一份工作。有合作精神。

最后，对计算机、网络技术、产品有充分了解。"

项立刚需要人才,也需要有识之士与他一起打造更美的未来。在项立刚看来,他有责任把他的"孩子们"都培养成对社会有用的人。"先成人,再成才。"项立刚把自己的教育理念"浓缩"成一句话。他说:"与学习成绩相比,我更看中孩子的'软实力',比如培养他的爱心、包容心、责任感等方面,而且这是个长期工程。"

对待公司的员工,项立刚还是习惯性地保持着"家长"心态。他曾说:"我对他们的要求也跟自己对孩子的一样,要他们有爱心、包容心、积极向上、有责任感。对于男同事,我要他们必须做到这四点,成为优秀的男人;对于女同事,我建议她们把这四点作为找老公的衡量标准。"项立刚似乎在用一种"家长"特有的方式关心着他的员工。"我的员工就是我的孩子,我有责任把他们培养成对社会有用的人",这是项立刚常说的一句话。

有尺度地"自由"成长

如今,别看项立刚的儿子只有 12 岁,但他已经会照顾家里的老人了。项立刚说:"虽然我没有要求孩子具体去做什么,但每次回家,他都会主动给爷爷奶奶捶捶背,还会帮忙打扫卫生,跟个小大人一样。"每每看见孩子懂事的样子,项立刚心里都有种说不出的满足。

在项立刚看来,家长要做的就是给孩子一个宽松的氛围,这样才能走进他们的内心,发现、发掘孩子的价值。他说:"我相信每个人来到这个世界上都是有价值的,而每个孩子都是一个天使,家长的职责就是要挖掘孩子的潜力,但这并不意味着要制定条条框框来约束孩子的思维。"

几十年来,项立刚一直扎根在通信行业,所以孩子在这方面有着得天独厚的"享受权"。从孩子懂事开始,只要有新的电子产品面市,项立刚一般都会主动买给孩子,跟他一起体验,这样做培养了孩子对前沿科技的捕捉力。项立刚说:"他刚开始学习运用网络的时候,我一点没限制他,但我会经常跟他一起上网,比如一起去下载网上的学习资料,有时也跟他一起玩网络游戏。其实,孩子知道利用网络是件好事,家长只要教会孩子该怎样正确使用它就行了,而不是没有道理的限制。"

对家里的孩子如此,对待公司里的"孩子们",项立刚一样力求给他们营造一种宽松成长的氛围。他说："有时,企业的成长跟一个孩子的成长过程一样,最好都不要过多地去限制,而是让他们按照天性自由发展,只要在关键节点上做好适时引导就行。"

项立刚创办《通信世界》之初,情况很不乐观,招聘来的大学生资历不够,有通信背景的员工也是寥寥无几。他曾感慨地说："当时很多人怀疑,不相信我们能做好。而且我招聘来的几乎都是没有经验的大学生,但我相信只要他们肯努力,肯付出,就一定会有收获。我愿意为他们提供一个可发展的平台,让他们增长智慧,增强能力,我觉得这也是做企业的价值。"

一次,项立刚在整理员工档案时发现,有位员工的文凭是伪造的。他回忆说："当时我无法原谅,但考虑到他刚来北京,生活上一定会有很多困难,我还是决定先把他留下来。后来,我又仔细观察了一段时间,发现他工作很努力,我知道自己的决定是对的。既然我把员工都看成自己的孩子,我就得对他们负责任。于是,我找了一个机会,跟他沟通了这件事,当时他很感动,也认识到了自己的问题。后来他还成为了企业的骨干员工。"项立刚坦言,"无论是孩子或是员工,该提供的空间、机会一定要给,但他们犯错误的时候,一定要及时纠正。只不过不能一味指责,而是要换位思考,帮他们解决问题,这样才能让彼此拧成一股绳。"

分阶段地实施管理

在项立刚看来,教育方法要讲求与时俱进。"其实,教育方法也讲求与时俱进。不同年龄阶段要采用不同的教育方法。孩子6岁的时候,有一次考试成绩不好,心情很低落。知道这个事情后,我没有训斥儿子,而是指着桌上狮子状的存钱罐跟他说:想象一下,这只威武的狮子带着你到了一片广阔的草原上,见到了梅花鹿、斑马等好多动物,大家在一起很开心。狮子说,大家在一起要互相学习,不要在意那些不高兴的事情……当时,他听得很入迷,心情当即多云转晴。"项立刚说,"其实,通过这样一件小事,爸爸传递给他的是一种平和的心态,这也是他今后受用无穷的财富。社会是多元的,对孩子来讲,正确看待一些失败、挫折有助于在今后

的生活中建立自信心。"

随着孩子慢慢长大,以前讲故事的做法已经行不通了,项立刚采取了新的策略——"摆事实、讲道理"。孩子的肥胖问题一直让项立刚头痛不已,而孩子对减肥有着很深的排斥和恐惧,为此,项立刚绞尽脑汁。他说:"我跟他说,虽然你现在很高兴,可是你身体里的器官却很不开心,它们正在因为你的肥胖而互相挤压着,它们已经快承受不住了。而一旦它们'罢工'了,你的健康就会受到影响。"在项立刚的劝说下,孩子最终自己决定去参加减肥班。

其结果是,孩子不但成功地减掉了11斤赘肉,还在营养、膳食、运动方面积累了很多知识,现在还很注意自己饮食的控制。看到孩子的变化,项立刚感到很欣慰,他说:"其实,最让我高兴的不是减掉了几斤肉,而是在孩子的内心建立起比较强大的自控力和自信心。以前由于比较胖,他在学校最不愿意上的就是游泳课,现在不同了,自己主动提出要参加游泳班,而且从找游泳基地到办理手续都是他自己一手经办的。"

对于孩子的教育要分阶段,讲方法,对于团队管理也是一样。项立刚说:"刚开始创业的时候,我侧重鼓励,尽量不给团队压力;等公司发展达到一定规模的时候,我就提出要做行业第一的要求,这个时候我就会给他们施加相对的压力。"他总结说:"想要经营好企业,就要先了解你的企业和你的员工,针对不同发展阶段采取不同的策略、方法。在这方面,管理公司和教育孩子是相通的。"

第七章　给成功一个理由

马化腾：成功源于对事业的专注

> 我觉得一路坚持下来，把它做好，这个坚持是非常重要的。同样，还要埋头把事情做好，因为有想法的人很多，规划很好的人也非常多，但是能够把眼前事情做好的人不多。
>
> ——马化腾

马化腾，1971年10月出生于广东潮阳，腾讯主要创办人之一，现担任公司控股董事会主席兼首席执行官。2010年，福布斯富豪排行榜第249位，大陆富豪第6位。2010年5月14日，"2010新财富500富人榜"，以336.2亿元资产排名第5位。

曾是天文爱好者

1971年10月，马化腾出生于广东省汕头市潮南区成田镇一个普通家庭，在他上面还有一个姐姐。当时马化腾的父母在东方市（原属广东省，海南建省后划归海南省）八所港港务局工作，所以马化腾的童年是在海南度过的。

在深圳中学学习期间，马化腾成绩优秀，属于老师眼里的"好孩子"。在学习之外，马化腾经常读一些天文读物，什么彗星啊、什么黑洞啊、UFO啊，这些神奇的宇宙现象很让他着迷，于是年轻的马化腾暗暗发誓长大了要做一名天文学家。

但在 1989 年考大学的时候，马化腾没有报考天文专业，而是选择了进入深圳大学计算机系。马化腾后来解释说："毕竟天文太遥远了，我比较喜欢自然科学方面，走向网络可能与我偏爱理工有关，对未知的世界比较有兴趣。而发现通过自己的知识和技术可以改变世界，或推进世界的进步，让我比较兴奋。"

成功源于对事业的专注

2010 年 9 月 5 日下午，中共中央总书记、国家主席、中央军委主席胡锦涛一行来到腾讯公司参观考察。马化腾在腾讯展厅向胡总书记详细介绍了腾讯的发展历程、业务情况、腾讯人的风貌和腾讯对自主创新的追求等四方面内容。得知腾讯等中国本土的互联网企业在同国际互联网巨头竞争中，牢牢占据国内市场的领先地位时，总书记微笑赞许。之后，马化腾代表腾讯员工，向总书记赠送了精心准备的 QQ 号码。收到这份特殊礼物，总书记非常高兴……

一个人只有埋头做事，才能有所作为，最后才能出人头地，取得成功。因为，埋头不是埋没，而是为了飞得更高，为了获得更大的成功。在马化腾看来，只要埋下头认认真真把手上的事情做好，就是最好的证明。他曾说："我们腾讯是 13 年前创立的，应该说那个时候大家都很幼小，而且所处的行业外界看不懂，所以我觉得一路坚持下来，把它做好，这个坚持是非常重要的。同样，还要埋头把事情做好，因为有想法的人很多，规划很好的人也非常多，但是能够把眼前事情做好的人不多。"

痛恨"办公室政治"

2009 年 10 月，当 14 亿人民欢庆祖国 60 周年华诞之际，马化腾也将迎来他 38 岁的生日，而他缔造的"企鹅帝国"年收入达到 71.5 亿元，其中活跃的"公民"数目接近 5 亿。

"Pony 是我们最好的产品经理、首席体验官。"不止一名腾讯员工向记者这样介绍自己的 CEO，这些年轻人在说起自己如何在三更半夜被马化腾的电话叫起来去解决问题时，流露出一种自豪而非抱怨。

"我不大擅长管理人和团队。"马化腾比较擅长管产品和用户体验,因此他会时时把自己还原成一个典型的网络用户。据说,为了测试拍拍网(腾讯的电子商务网站),他曾经在上面买过十几部手机。

正因为自认为不善于管人,马化腾特别痛恨"办公室政治",腾讯的层级比较扁平,形式让位于内容。例如,管理团队对新兴业务模式的讨论并不会定期进行,而是根据需要进行,"有时候天天都讨论"。

2007 年,马化腾被《时代》评为"全球最有影响力 100 人"之一,该杂志称他为"中国青少年眼中的现代英雄"。腾讯公司也在 2009 年成为首家登上《数字商业时代》科技 100 强榜首的互联网企业。对于自己的成就,马化腾说:"初期运气占得比较重,至少 70%。"或许,只有在互联网江湖中闯荡得越久,潜伏得越深,才会越来越自信。

快乐企鹅饲养员

腾讯研究院沉下心来了解用户需求,在两年的时间里申请专利 2 100多项,远超其他的国内互联网公司。腾讯投资 1 亿元组建了研究院,这是中国互联网企业第一个研究院。这个团队的任务是:培养新产品、新功能,为腾讯小企鹅带来更多的魅力,赢得更多用户的满意。

一切基于 CEO 马化腾的一句话:"腾讯研究院要组建一流的人才团队,打造一流的互联网技术研究平台,创造一流的创新环境,实现一流的用户价值。"

马化腾是腾讯的 CEO 不假,但腾讯研究院员工背后送他一个新"头衔"——"首席体验官"。"他会去体验公司的每一项产品",腾讯联席 CTO 熊明华介绍,QQ 邮箱在两年里实现了 500 多项创新,其中约 100 多项都是马化腾亲自体验后提出的。

马化腾的做法显然影响着这个年轻团队的成长轨迹。研发团队成员大都是二十多岁,意气风发,对他们来说,开发 QQ2009 中遇到的最大挑战不是技术,而是对功能应用的精到洞察,以及对不同场景下用户需求的精准把握。但这样的经历确实"很锻炼人",腾讯研究院整个团队的心态在这个产品的研发过程中也悄悄地发生了变化:"我们都不再急于把某项

功能推介给用户，而是沉下心来了解用户真正需要什么。"

保持一种诚惶诚恐的心态

"腾讯的步伐过于谨慎，"不少业界人士如此评论腾讯，"如果腾讯能冲劲更足一些，腾讯的规模会比今天更大。"对于这种评论，马化腾坦然承认在腾讯的发展问题上自己的确显得比较保守，因为自己信奉的哲学是"先做最有把握的事情"。

虽然马化腾的稳健尽管有时会使腾讯贻误更好的战机，但却保证了腾讯在战略发展的大方向上不会出现偏差，这对于已经度过创业期进入发展期的腾讯至关重要，尤其是在变幻莫测的互联网行业。正是有了马化腾的稳健，腾讯才能一路走来，如履平地。马化腾回顾腾讯十多年业务的发展，感慨道："其实就是慢慢地试，有信心，步子才会逐渐大一点。""中国的互联网变化非常快。不管企业做到什么样，都要保持一种诚惶诚恐、非常担心的心态才行。"

可以说，马化腾的这种危机心态，跟华为的老板任正非很像，任正非也是一个非常有危机感的人，他在著名的文章《华为的冬天》里说："十年来我天天思考的都是失败，对成功视而不见，也没有什么荣誉感、自豪感，而是危机感。"在马化腾看来，腾讯最大的危机感还是面对着 QQ 用户从年轻化走向成熟化的这一过程之中，如何让 QQ 产品增强其用户粘度的问题。马化腾在接受南方日报记者采访时曾说："最大的危机感还是 QQ 用户从年轻化走向成熟化，QQ 的产品如何增强自己的用户粘度问题。而且目前互联网的很多领域，腾讯进入得太晚，包括搜索、电子商务和门户都比较晚，这时候会很难做。但是你不做的话，过两年会更难。怎样无缝地把我们偏娱乐化、年轻化的产品和服务一点点过渡到中性化、全业务化和更加适应逐渐成熟的网民，这是很重要的。我们也不要求在一夜之间或者半年一年改变，毕竟还有很长的时间慢慢来做。"

莫天全：成功源于我跟紧了时代

> 有一天我也会离开，现在能做的也就是不断地完善自己，让自己离开搜房网的时刻晚一点到来。

——莫天全

莫天全，1964 年出生于广西桂林市灌阳县灌阳镇胡家村；1984 年学士毕业于华南理工大学机械系；1989 年硕士毕业于清华大学经济管理学院；美国印第安纳大学经济与管理双博士（候选人），获著名的"孙冶方经济学奖"。曾任职于道琼斯 Teleres 亚洲及中国董事总经理、美国亚洲开发投资公司（ADF）执行副总裁。现任搜房控股有限公司董事长。中国指数研究院院长。

我是幸运的

莫天全有一本英文原版的《杰克·韦尔奇自传》，书后的空白页上被他密密麻麻记满了笔记。他说："这本书是 2002 年出差时在飞机上读过的，读得很认真，但一直还没有读完。"那一年，搜房网未满 3 岁，与当时的大多数互联网公司一样，正在经历互联网泡沫破灭后的低潮。而 2009 年，那时恰逢搜房网年满 10 周岁。这一年，公司在莫天全的带领下，营业收入已超过 10 亿元人民币。

搜房网 10 周年的"生日会"后，莫天全带领公司所有的干部去北京郊外的一个度假村，开始畅想搜房网未来 10 年的发展计划。其中有一位中层管理者代表发言："再过 10 年，搜房网要创造 100 亿美元的营业收入。"

听过此话,莫天全说:"好,那我们就朝着这个目标奋斗吧。"莫天全对搜房网未来的目标规划十分现实:"北京、上海等一线城市一年收入至少超过2亿元人民币。5年或者长一点时间,搜房网分布在中国100个城市市场成熟后,平均每个城市5000万元人民币收入不过分,100个城市就是50个亿。"

莫天全说他是幸运的,时代赋予他"天时、地利、人和",几乎没有受到过什么阻碍。他曾说:"60年代的人,接受过比较好的教育,你要钱就给你钱,你要关系就给你关系,要再干不出一点事情,那简直是太不应该了。"

不缺小钱 缺大钱

1989年莫天全获得清华大学经济管理学院硕士学位后,他在印第安纳大学取得经济与管理双博士学位。1993年初任道琼斯Teleres亚洲及中国区董事、总经理,而后转任美国亚洲开发投资公司(ADF)执行副总裁。

1999年,莫天全通过清华大学经济管理学院的校友、高盛执行总裁李山的牵线搭桥,找到香港几个大财团,希望能够投资搜房网。经过艰苦的谈判,香港财团提出的条件尤为苛刻,以致无法接受。就在莫天全百感交集之时,同学林栋良将搜房网未来发展判断和对市场预期写在一张信笺上快递给当时最早进入中国IT风险投资领域的美国投资公司IDG的,为搜房网获得前期启动资金100万美元。

当时,很多人见到莫天全都通常会问一句:"老莫,最近搜房网的股票怎么样了?"而莫天全已经习惯了这样的问候语,他笑着回答:"我的公司还没上市呢!"

那时,莫天全对搜房网上市还是表现出不急不躁的态度,他的沉稳不无理由,他说:"搜房一股独大,同行业中第二位市场份额离得太远,所以这是搜房不紧迫上市的重要原因。"据分析报告显示,从投放费用占比情况来看,搜房网在房地产网络媒体领域占比最大,市场份额达56.25%。其次为新浪乐居占20.31%,搜狐焦点约占6%,其他房产网络媒体占

17.44％。在莫天全看来，要把握好自己的节奏。他说："搜房上市只是一件事情，是一件好事情，一件自豪的事情。很多世界上优秀的东西，都没有上市，例如华为。搜房不是一定要上市，我觉得还是要把握自己的节奏。"

实际上，搜房网上市已经经历了三次的筹备工作，而三次即将上市之际，莫天全决然选择了放弃。让他庆幸的是 2008 年没有把搜房网带上一个上市的岔路上，而是带到一条主道上。他认为，搜房网的发展规模和收益一直呈上升态势，上市则是一把双刃剑。他说："上市可以让企业更加规范化，内控肯定会非常严格，但同时，也会有很多竞争、创造的压力，也会让股票牵着走，会丧失一些自我。"

而早在 2004 年，搜房网上市的话题已经谈了，直到 2010 年 9 月，搜房网（股票代码 SFUN）在美国纽约证券交易所成功上市，可谓是众望所归。

学来的企业发展、管理经

2001 年，是互联网泡沫时期，许多互联网企业纷纷倒下。忆及此，莫天全说："一家又一家的企业从招商局大厦搬走了，我们赶紧去买人家的家具、服务器，用五分之一的价格买回来的东西也挺好用的。"而搜房网之所以能存活下来，莫天全坦承当时也有赌的成分在里面。他说："我的企业能活下来是幸运的，和那些过去的企业一样，当时我也在赌。但是，我知道我能承受的底线是什么，输不起的我不会拿来赌。"莫天全说，除了节约成本开销外最重要的是看准时机去赌，而给他的启发则源于他早前研究美国一家上市公司招股说明书七遍所得。"耗巨资买断经营某门户的房地产家居频道五年的流量，很快给搜房带来了盈利。这一举措所能达到的效果，是无法再被别人复制的。"莫天全评价自己说："我几乎在企业发展的每个关键节点上，我都能踩在点儿上，或者说，搜房网多年来的发展都是与时俱进的。"

人才储备、跨地域管理的问题，是令莫天全较为头疼的事情。他说："50 个分公司就需要 50 位总经理。二、三线城市的总经理一年也见不到几次面，还需要他们在不出问题的前提下把业绩做出来，这本身就是一种

挑战。"

　　早在 2003 年，莫天全便在搜房网成立了"搜房管理学院"。成立"搜房管理学院"初期，莫天全是受到《杰克·韦尔奇自传》一书的影响。而一次与通用电气管理学校校长聊天的机会，使莫天全深切感受到内部员工培训机制的必要性。于是，按照通用电气管理学校的培训方式，搜房网很快也组建了自己的"干部管理学校"。搜房网的员工还给它取了一个有趣的名字"干校"。

　　如果有人问莫天全：搜房网是你的"孩子"么？莫天全则会说，我与搜房网在一起的时间一定比和儿子在一起的时间长，但是不同的是，经过精心培训的企业，发展到一定的阶段是可以拿来卖的。

　　莫天全经常引用杰克·韦尔奇的一句话，"企业永远要淘汰底下 10％的员工"，而搜房网不是任何人的。莫天全说："有一天我也会离开，现在能做的也就是不断地完善自己，让自己离开搜房网的时刻晚一点到来。"

求伯君：成功只属于个人

> 每个成功人士的历程是无法复制的，他的运气和他的"贵人"，仅属于他个人。但所有的成功人士都具备出众的个人能力这个基础。

——求伯君

求伯君，1964 年 11 月 26 日出生于浙江新昌县。1984 年，毕业于中国人民解放军国防科技大学信息系统专业。1994 年，在珠海独立成立珠海金山电脑公司，自任董事长兼总经理，是中国大陆地区较早的程序员之一。求伯君现为金山公司执行董事及董事会主席。

做一流的软件公司

求伯君有"中国第一程序员"之称。做世界一流的软件公司是他的梦想，他希望每一台电脑上都运行着金山的产品。他说："距离这个梦想还有一定的距离。"

1988 年，24 岁的求伯君遇到了香港金山公司总裁张旋龙，这位香港商人愿意提供一切条件来为求伯君开发软件。早在 2007 年，当求伯君拿着写好的 24 点阵打印驱动程序找到张旋龙的时候，他就将求伯君看作是一个天才的程序员，从此，张旋龙成为求伯君人生道路上最大的"贵人"。

早在 1994 年，香港金山被北大方正合并，张旋龙出任方正（香港）公司总裁。当时已是香港金山副总裁的求伯君，在张旋龙的帮助下，在珠海成立了珠海金山电脑公司。在张旋龙的推动下，顺应当时的商业时代特征,珠海金山从一开始就建立起清晰的股权结构。回顾创业经历,求伯君用"幸运"二字来总结。他说:"创业的时候能够从事自己比较喜欢的行业,而且所做的也是对他人有所帮助的事情。"

金山软件董事长兼CEO求伯君曾说:"网游的国际化是一个非常繁琐的过程,最大的工作量就是翻译。"早在2009年初开始,继进入越南、朝鲜、日本等国家之后,求伯君开始将北美市场纳入到金山国际化的版图之中。他说:"即便是金融风暴也并不干扰我们的国际化布局。做出登陆北美的依据很简单,主要是我们的网游产品逐渐成熟,以及北美市场目前就网游市场来说还是有很大的成长空间。"

成功无法复制

2007年10月9日,金山成功在香港主板上市。按照股权计算,身价高达10亿元的求伯君,是国内最为富有的程序员出身的创业者。2007年12月20日,在金山工作了15年的雷军,决定辞去CEO之职,之后雷军将继续担任金山的执行董事、副主席,包括金山新成立的战略委员会主席。求伯君兼任CEO之后,开始对金山进行新的变革。

回首过往,求伯君说:"就我个人而言,我是做程序出身,我个人也很爱好这个,当时的我是对这个行业有过艰辛的努力和付出,只有在这个基础上,有了好的时机才能及时把握好。其实,就当时来说,中国的IT发展还处于启蒙阶段,谁也不知道未来它能发展到何种地步。"

喜欢开飞机的求伯君,一如既往的淡定,很少谈理想和抱负。对于成功,他有自己独到的见解:"每个成功人士的历程是无法复制的,他的运气和他的贵人,仅属于他个人。但所有的成功人士都具备出众的个人能力这个基础。"

金山首度正式"触电"

娱乐化营销是广受追捧的营销方式,把游戏改编成影视剧,欧美早有先例,从《生化危机》到《古墓丽影》,都是游戏改编成影视剧的成功案例。但在国内影视圈里,成功的游戏影视作品并不多见。在中国内地进行启蒙教育的可以说是台湾大宇公司的网游《仙剑奇侠传》在内地改编的同名电视剧。国内游戏厂商拍摄影视剧已经成为一种趋势,完美时空筹拍的《非常完美》较为成功;而盛大紧随其后推出《星辰变》,网易则投资拍摄《大话西游》的动画片……在这些作品当中,金山软件的这部《藏剑山庄》无疑是酝酿时间最长的。

2010 年,手握重金的金山软件决定抛出数千万元巨资来拍摄电视剧。改编自《剑侠情缘》网络版Ⅲ的剑侠情缘系列游戏的电视剧《藏剑山庄》的开拍,标志着金山软件的泛娱乐化网游营销战略正式拉开序幕。在求伯君看来,游戏及影视都属于文化娱乐领域,而泛娱乐化是游戏行业多渠道发展的趋势。他说:"该电视剧的拍摄,会对金山的游戏品牌知名度及用户认可度有更进一步的扩充。"

李菲：无处不冠军

> 在运动队里，哭，一点作用不起，只有用实力说话，人际关系等手段在充分竞争的环境中无效。

—— 李 菲

李菲，现任三诺数码集团副总裁。澳门历史上第一位世界体育冠军、澳门小姐亚军兼最上镜小姐、北京奥运火炬手。2008 年荣获亚太最具创造力华商女企业家、中国十大家电创新人物、影响 2008 中国行业杰出经理人等荣誉。

任重而道远

李菲从职业运动员到世界冠军，从澳门小姐到影视明星，从慈善大使到上市公司副总裁，李菲的每一次转身似乎都出人意料。澳门前任特首何厚铧曾这样评价三诺数码集团副总裁李菲："美丽、勤劳而充满智慧。"

对于传奇的经历，李菲却看得很淡，她说："每一次顶着光环归零重来，并不是盲目的，而是充分思考之后的抉择。不过，这也许跟自己不服输的个性有关。"

众多的头衔叠加于李菲一身并未让她"飞"起来，而她则更踏实地走着每一步。虽然李菲每天的工作忙也忙不完，但是她还是挤出时间做了一件事：助跑工程。"这是一个很有前景的商业模式，同时也是一份社会事业。"李菲要为退役运动员的就业、创业搭建一个平台，帮助他们完成从"赛场冠军"到"职场冠军"的转变。

"冠军诚可贵,但是冠军的光环终究要褪去,褪去之后能做什么? 还有那些没得到冠军的人又该怎么办?"长期以来,由于体制的原因,许多过去的体育冠军一旦退出赛场进入社会,就立刻从强者变成弱者。每当"卖金牌"、"冠军成为搓澡工"这种新闻出现时,李菲总是心里不舒服。她说:"我要用我有限的能力发动其他人一起去帮助我的同行。这算不上事业,但绝对任重道远。"

归零的智慧

在澳门,李菲可以说是家喻户晓,这不仅仅因为她是漂亮的澳门小姐,更多的是因为李菲是澳门体育史上第一个世界冠军。同样是运动员的背景,李菲的成功源于她那股不服输的劲头。

9 岁时,李菲就开始"独闯江湖"。只为让父母看到女孩也能比男孩强,倔强的她在运动队吃了很多苦。面对运动队中的残酷竞争,李菲淡然地说:"过早地与社会接触让我变得异常坚强。"她说:"在运动队里,哭,一点作用不起,只有用实力说话,人际关系等手段在充分竞争的环境中无效。"当时,别人练 1 个小时,李菲却要练 3 个小时。但是命运跟这个倔强的姑娘开了一个玩笑,正当李菲积极备战 1993 年的七运会时,却因为半月板粉碎性骨折让她不得不黯然退役。对此,李菲说:"我很不甘心。"此时,李菲移居澳门。在没有任何医疗、住宿等经费保障的境况下,在每天兼职两份工作的情况下,李菲依然坚持训练,这样的日子足足坚持了 5年。最终李菲的努力没有白费,1994 年李菲拿到了澳门历史上第一个亚运会武术亚军;次年获得了澳门历史上的第一个世界冠军;1999 年,李菲又在世界武术锦标赛上获得 1 金 2 银,被誉为"南拳皇后"。对于这一切,李菲总结道:"梦想的实现,需要坚持和毅力。"

当李菲在运动员的生涯达到巅峰状态时,却做出了一个出人意料的决定:去参选澳门小姐。她似乎要证明些什么,她回忆说:"当时有人质疑我是四肢发达、头脑简单,我不服输的劲头又上来了。我要证明给别人看,我是有智慧的。"决赛时,主持人问参赛选手未来的定位,李菲的回答是:"做出色的职业经理人。"虽然这个回答在当时很多人看来只是一个

"回答"而已,但这个想法却一直铭记在李菲心里。事实上,在参选之前,李菲已经是澳门某公司的一名出色的职业经理人,而且已经做到了公司副总经理级别。

获得澳门小姐后,李菲邀约不断。而李菲却决定将一切归零,将她身上所有的光环全部丢掉,选择一个人去澳洲留学。她说:"做这个决定其实很简单,我要把做运动员时欠缺的知识给补回来,而且我还要选择金融管理与公共关系。这是职业经理人必须具备的知识。"

凭借着不服输的精神,李菲顺利地在澳大利亚麦格里大学毕业了。

"不安分"的李菲再一次决定进军演艺圈。她说:"做一名打星是我从小的梦想之一,我要为之努力。而且如果我再不进场就没有机会了。我就想圆梦。"那段日子,李菲每天凌晨起床从澳门到香港试镜,接演的都只是些小角色,没有人知道她的经历,更没人知道她是谁。回忆起那段经历,她感慨地说:"其实那是一个历练内心的过程,从零开始的每一次都能让我更加坚强。"

从代言人到副总裁

当李菲在演艺事业走上坡路的时候,她再次完美转身。这似乎已经成为了她的一种习惯,她说:"我没有忘记自己曾经的想法,也不会让我学的专业荒废掉。"2000年,李菲做了深圳三诺数码集团的形象代言人。而就在7年后,李菲竟然空降到已经上市了的三诺集团当起了副总裁。

这一次,李菲在澳门时的工作经验与留学时所学的专业均派上了用场。三诺上市之后急需向国际化转变,而三诺看中李菲正是她的专业背景和她凡事不认输的劲头。

然而,从代言人到空降至公司副总裁,李菲初入公司自然备受非议。对此,李菲并不介意,她说:"我很有信心,做好仅仅需要时间而已。"

在外人眼里李菲只是三诺的代言人,但事实上,李菲在2001年至2004年曾与三诺合资成立了一家销售公司,也是三诺在整个华北区的销售总代理。她非常自信地说:"我曾参与过三诺主要客户谈判与渠道搭建,所以,无论从三诺的品牌到销售我都很熟悉。"

　　李菲并没有急于"新官上任三把火",而是用了 4 个月的时间去做梳理工作。李菲说:"我习惯通过实力说话,而不是反驳别人的流言。"李菲的空降再次完美着陆,曾先后获得了"中国十大家电创新人物"及"亚太最具创造力华商女企业家"等荣誉。

潘石屹：该出手时就出手

> 做商业，小心谨慎是必要的。如果对于大势没有判断，那么小心谨慎就是坏事，就是保守不发展；但要是对市场的发展判断很准确，那么小心谨慎就是件好事情。最重要的是千万不能人云亦云，不能随大流。
>
> ——潘石屹

潘石屹，大学毕业后到国家石油部工作，1987 年起开始在深圳和海南开创自己的房地产开发生涯。1992 年，潘石屹与人合作共同创建了北京万通实业股份有限公司，在北京开发房地产。1995 年，潘石屹与张欣共同创立了 SOHO 中国有限公司。

图的就是一个乐

让商家受益，让自己 Happy，这样的形象代言人做做也无妨。潘石屹最想代言"苹果"，因为"苹果"白跟建外 SOHO 很相配。正因为距离产生美，潘石屹浸淫地产圈太久了，本能地想离它远一点。所以，拍拍电影，做做形象代言人，在他看来是挺好的一件事情。盘点一下潘石屹做形象代言人的"净收益"：

为摩托罗拉做形象代言人收了手机 3 部；为 Sony 手提电脑做形象代言人收了 Sony 电脑 2 台；为 IBM 做形象代言人收了商用笔记本电脑 1 台；为 LG 等离子彩电做形象代言人收了 2 台彩电，2 台电冰箱，外加韩国济州岛一游。这其中，只有 Sony 给过钱，3 万元还是 5 万元，潘石屹记不清了。这就是一个地产名人做形象代言人的所有收入。虽然连潘石屹自己都有些不相信,但事实如此。

给 IBM 做形象代言人的时候,潘石屹的鞋后跟有一个地方是红色的,正好和 IBM 笔记本电脑键盘中心的红点鼠标键"登对",潘石屹就只好拿着电脑拍来拍去。这次的形象代言人潘石屹简单得连合同都没签。做形象代言人,最让潘石屹感到正式的是为 LG54 英寸等离子彩电拍摄的那次。地点选在潘石屹的"长城脚下的公社"。拍完后,他分文未收。潘石屹做形象代言人,不要钱,只要乐在其中就行了。他说:"要什么钱啊,人家觉得你不错,我也喜欢,做就做吧。而且,我又不是什么明星,也不值什么钱,只要不让我做马桶的形象代言人就行了。"

在潘石屹看来,值钱的并非是他的脸孔,而是与他过去所做的事情有关。他说:"我值钱的不是我的脸,可能跟我以前做的事情有关。过去几年中,有五六千的客户买了我的房子,他们没有一个不赚钱的。大家都知道,当时现代城入住的时候纠纷很严重,矛盾也很尖锐。我承认,刚开始我们确实经验不足,所交的房子也跟大家预想中不太一样。所以,我做出了决定,如果在交房的时候,客户感到不满意,OK,我给你个律师函,一个月之内,无理由退房,外加 10% 的回报。这样,所有的矛盾都化解了。直到现在,我也认为,我的客户是这个世界上最理解我的人,最支持我的人。有很多客户,我在哪里盖房子,他们就跟我到哪儿。"

该出手时就出手

在 2009 年 9 月 3 日,SOHO 中国以 40 亿元竞得朝阳区望京 B29 项目用地,建筑面积接近 50 万平方米。这是 SOHO 中国时隔 6 年零 3 个月后的第一次拿地。一向在拿地问题上谨慎保守的 SOHO 中国董事局主席潘石屹出手了。

与其说潘石屹谨慎倒不如说是他多年来养成了一种"吃一堑,长一智"的思维方式。SOHO 中国之所以一直以来只在北京、上海等大型城市的最繁华地段拿地,就是因为潘石屹曾吃过这方面的亏。2001 年 9 月,潘石屹宣布博鳌蓝色海岸破土动工,这是一块非城市中心区的土地。潘石屹曾说:"每一个人都有不理智的时候,蓝色海岸不是太成功,第一期工程开发了;第二期却由于种种原因搁浅了。"这一次的失败让他从此都没有碰过非城市中心区的土地。在潘石屹看来,同样的错误绝不能再犯第二次。

SOHO中国创业之初,潘石屹想引进SOHO概念的时候,他请美国的盖勒普调查公司做了一项调查,调查的结果是100%的人都反对把SOHO这种类型的建筑当成未来中国的发展趋势。在这个时候,潘石屹一反以往的谨慎态度,在公司内部强势推动SOHO概念的推广。

潘石屹把自己关在屋子里关了一个星期,写了一篇文章《SOHO·居家办公·禅·酷·com》,写完之后还组织员工学习,还要求大家写心得体会。依靠这样的手段,潘石屹首先在公司内部强制推广了SOHO的概念。事实证明潘石屹成功了,SOHO现代城取得了最高日成交额3000万元的销售奇迹。潘石屹曾坚定地说:"我们对中国房地产最大的贡献不是盖了多少楼,而是提出了SOHO的概念。"如今,潘石屹正在远离张扬,日趋内敛。

对话企业家

数字商业时代:在SOHO中国拿地方面,你似乎一直是个小心谨慎的人。

潘石屹:做商业,小心谨慎是必要的。如果对于大势没有判断,那么小心谨慎就是坏事,就是保守不发展;但要是对市场的发展判断很准确,那么小心谨慎就是件好事情。最重要的是千万不能人云亦云,不能随大流。

数字商业时代:你认为SOHO中国的商业模式成功,那衡量它成功的依据是什么?

潘石屹:它的成功就在于能达到物尽其用,物有所值。有一个媒体计算过,SOHO做过的12个项目中,有6个在SOHO接手以前是空置、烂尾项目,它们对SOHO模式的总结就是,"化烂尾为利润"。这体现了SOHO中国对城市和社会的贡献。同样,在过去十年时间里,SOHO中国的 7000 多位客户都分享到了这种成功的商业模式带来的物业升值和回报。他们获得的出租回报比同时期购买的物业高出许多,这也形成了老客户不断重复购买 SOHO 中国产品的案例。一种商业模式成功与否重要的是看它能不能经受住市场波动的考验——SOHO 中国商业模式经受了全球金融危机的冲击与考验,在同地区写字楼出租率大幅度下滑的情形下,SOHO 中国开发的写字楼出租率一直保持在 95% 以上。同时 SOHO 中国在过去十几年的成长过程中,销售额的持续高速增长也是这种商业模式成功最好的证明。

数字商业时代:你曾表示,对于 SOHO 中国的土地储备来说,合法才是最关键的?

潘石屹:第一位是安全、合法;第二位才是资金的使用效率。圈地可能成本很低,但是大量的资金还是会随之而沉淀,没有创造财富和价值。而公司安身立命的根本是能不能为社会创造价值,圈地的大量空置给社会创造的价值是负的。

数字商业时代:是否也遭遇过土地紧张的时候?

潘石屹:我们发展的瓶颈绝不是土地,而是销售。在 SOHO 中国的成长过程中,开始三四年,资金还是个问题。等到后来资金和土地的问题都解决了,限制我们发展的就是销售。

数字商业时代:SOHO 中国每年都蝉联销售冠军,为什么困扰你的问题还是销售?

潘石屹:我们的楼盘每年都是销售冠军,是因为我们每个楼盘都是大楼盘,比较集中。建外 SOHO 销售 100 多个亿,三里屯 SOHO 销售 200 多个亿。万科一年的销售额是我们的 5 倍,但是万科多少个楼盘才能比得上我们一个楼盘?只要一个楼盘卖出 100 个亿,我们的销售额就突破 100 亿元了,但是我们的楼盘销售都不是一年完成的,像建外 SOHO 的 100 多亿元销售额,我们当时希望一年能卖完,但卖了三年多的时间,毕竟市场的消化能力有限。三里屯 SOHO 卖得很火,一个星期卖了 47 个亿,但是现在也只是卖出了 70%,剩下的部分还是得陆陆续续地卖。

数字商业时代:在你看来,SOHO 中国商业模式能否持续、健康地发

展下去？

潘石屹：首先，一家公司、一种商业模式能否持续、健康发展，最重要的是要看它能否承受未来市场的波动，甚至是大的波动；其次，SOHO中国在战略上要永远保持进退自如的状态。市场好时我们就加快销售的速度，如2009年SOHO中国的销售额创下新的历史纪录。当市场低迷时，SOHO中国就大量进货，如2008年SOHO中国购进大量的项目，包括成交额高达55亿元的朝阳门SOHO。

至于SOHO中国的可持续增长的空间有多大？如果房地产市场持续看好，公司将把已有的现金用于现有项目的建设，从金额上会有超过500亿元的销售额，可以保证公司保持4年以上的增长。反之，如果房地产市场不好，公司将充分利用公司的自有资金和银行贷款，趁低吸纳超过300亿元的土地和项目。这就是SOHO中国在2008年8月份可以进退的空间，也是SOHO中国可持续发展的战略。

数字商业时代：现在媒体和公众都愿意谈论企业的社会责任，在你看来什么是企业的社会责任？

潘石屹：企业最大的社会责任就是要推动社会进步，从物质的角度衡量，这个进步就是利润，但精神方面的进步也许不那么容易量化，它是从改变人的心灵入手，特别是改变孩子们的心灵。我们做的"儿童美德教育"这个项目，就是想通过美德教育让他们的心灵受到积极影响。

数字商业时代：最近几年你一直在做慈善的事情，包括成立SOHO中国基金。现在你将做慈善的具体方式确定在教育领域，最初的试点就在你的家乡甘肃天水，你是怎么考虑的？

潘石屹：其实慈善还不是这几年才做的，我们一直都在做。关于聚焦在天水，我们一直都把天水作为一个试点。过去硬件的投入，在全国各地都有，主要是西部地区。在做教育的过程中，我们发现还需要软件的投入，比如培训。天水毕竟是我的老家，其中一个市里的领导还是我的同学，沟通起来比较方便。我想就是通过两三年时间在天水作试点，然后可以把这种模式推广到别的地方。

数字商业时代：你在博客里说，物质和精神是SOHO中国飞翔的两只翅膀，只靠一只翅膀是飞不起来的，你是怎么理解的？

潘石屹：SOHO 中国已经十几年了，这期间我们看到了许多公司的生生死死，起起伏伏。在这么多公司里面，能够一步一个脚印稳定发展，最终成长壮大起来的公司一定是有精神追求的。"物质和精神是我们飞翔的两只翅膀，只靠一只翅膀是飞不起来的。"这是 SOHO 中国基金会的宗旨，也是要同事们时刻记住的。很多公司最终走不远的根本原因还是太注重物质成长了，中国经济处在这样一个高速发展的大背景下，可能一波经济高潮到了，物质的翅膀一下就会变得很强大，但如果失去精神翅膀的平衡，这个公司到最后一定会出现这样那样的问题，会摔下来，最终消失得无影无踪。

数字商业时代：对于所要承担的社会责任，是不是这是企业发展到特定阶段都要去认真思考的一个问题？

潘石屹：这是生命周期，也可以说是进步，是企业的进步。人随时可以换，比如年纪大了可以退休，兴趣爱好也能换。但确定好企业的价值观、目标是很重要的，只能向前进，不能后退。"不管年龄多大，一旦和社会发展脱了节，你马上就会出局。最关键是心态和敏锐的判断。"

数字商业时代：有没有想过如果有一天你不在这个位置上了，那么SOHO 中国如何保证自己可以持续发展下去？

潘石屹：我觉得这是一种文化。把整个企业的文化变成创新的文化。我做了十几年公司，从来没让员工打过卡，他要是觉得手上的工作很重要，可能就不吃饭了，他要是心情不好，今天早点下班回去，也没什么大不了的。前些天朋友送我一个脸谱识别打卡机，我说我从来不用这个。我们的氛围和文化都是以人为中心的。

数字商业时代：汇集大家的智慧，这应该是企业文化的一部分，你靠什么让 SOHO 中国形成这样的企业文化？

潘石屹：还是得靠培训。我们的培训就是关起门来什么事情都不干，说点事情。每次的培训内容都是根据实际工作中总结出来的。如果这次做有关"磋商"的培训，那下次就做有关"团结"的培训。而今年我们培训的主要内容就是"创新"。

数字商业时代：60 年代出生的企业家很多都赶上了大势，你创建 SOHO 中国的过程中是不是也觉得势比人大很多？

潘石屹：是，这个不是一般的大，大很多，我们 60 年代出生的人是赶上了一个革命年代的尾巴。这个年代熏陶出来的人，形象很高大、完美，和比我大十岁的人打交道，都可以感觉到这些特点，任志强和王石就是代表，生活节俭，不爱钱。我说我看见王石，就想起保尔·柯察金了。做事总较劲，平路不走，非得上山不可，上山还被藏獒咬了一口，他较劲的时候心里才舒服。任志强要是身体好，在媒体上再说上 20 年，就成了"国宝"了。任志强说自己过几年退休了，我说你千万不能退休，你是个"宝贝"。

数字商业时代：那你觉得你这一代人是怎么样的？

潘石屹：还是交替。既有革命年代的影子，也有下一代人的特点，就是承上启下。我特别能够理解这两个年代的人。现在越过我们 60 年代的人，70 年代和 80 年代的网民直接和任志强对话，可不天天吵。我们和任志强接触，就会了解他是怎样一种状态，包括他写的书，写自己上山下乡的时候在桦树皮上写字，我一看就特别亲切。